래피의 ――――――― 사

색

래피의 _____ 사색

익숙한
것에
대한
70가지의
낯선
질문

DJ 래피 지음

더스토리

온화한 기질과 자유로운 성품, 유쾌한 해학으로 누구든 가까이하기 쉽고, 증오심이 없으며 모든 정념에 중용을 지킬 수 있는 삶. 주눅들지 않고 당당하지만 거만하지 않고 다른 사람을 깔보지 않는 삶. 겸손하지만 자존감이 높아 애써 사랑받으려 하지 않고 그냥 자기 자신으로 사는 삶. 그것이 바로 제가 살고 싶은 삶입니다.

말하는 데에는 힘쓰고 행하는 데에는 게을리한다면, 비록 말을 잘한다 해도 들어주는 사람이 없겠지요. 그래서 쓰기 시작했습니다. 쓰려면 생각하게 되고, 쓰면 보게 되고, 보게 되면 잘 행하고 있는지 뉘우칠 수 있거든요.

'학이불사즉망(學而不思則罔), 사이불학즉태(思而不學則殆)'

《논어》〈위정〉편에 나오는 구절입니다. '배우기만 하고 생각이 없으면 곧 허망하고, 생각만 하고 배움이 없으면 곧 위태롭다'는 뜻입니다. 이는 칸트의 명언인 '내용 없는 사고는 공허하고, 개념 없는 직관은 맹목이다'라는 표현과도 묘하게 통하지요. 형식과 내용, 배움과 생각이 균형 있게 어울려야 그르침이 적을 것입니다. 사색만 하고 익히지 않는 것도 폐단이요, 익히기만 하고 사색을 하지 않는 것도 폐

단입니다. 이는 스스로를 늘 돌아보아야만 해결되는 문제입니다.

나를 헤아릴 수 있는 사람이 남도 헤아릴 수 있습니다. 나를 제대로 볼 수 있어야 남의 모습이 바르게 보입니다. 나를 제대로 알아야 세상을 균형 잡힌 시각으로 볼 수 있습니다. 나의 상처를 알아야 남의 상처도 위로할 수 있습니다. 나를 헤아리기 위해서 쓰기 시작했고, 뉘우치기 위해서 계속 써나갔습니다.

'도행지이성(道行之而成)'이라 했습니다. 길은 다녀야 만들어집니다. 《중용》에서는 먼 곳에 가려면 반드시 가까운 곳에서부터 시작하라고 했으며, 노자는 세상의 큰일은 반드시 작은 일에서 시작된다고 했습니다. 하나씩 쓰다 보니 어느덧 책으로 엮을 만큼 쌓이게 되었습니다. 작게 시작한 일이 책으로 결실을 보게 되었습니다.

E. B. 화이트의 말처럼 위대한 글쓰기는 존재하지 않습니다. 오직 위대한 고쳐 쓰기만 존재할 뿐이지요. 안단테 콘 모토(Andante con moto). 느리게, 그러나 활기차게. 저는 느리게 가는 사람입니다. 그러나 뒤로는 가지 않습니다. 퀸시 존스가 한국에 방문했을 때, 전성기가 언제였느냐는 기자의 질문에 그는 일말의 고민도 없이 "Tomorrow"라

고 답했습니다. 추사 김정희의 글씨도 죽기 사흘 전에 쓴 봉은사의 판전을 최고로 칩니다. 서두르지 않고 하나씩 써나가겠습니다. 최고의 작품은 아직 쓰이지 않았습니다. 천천히, 활기차게 계속 가겠습니다.

저를 책의 길로 인도해주신 제 인생의 스승님이신 DJ 처리, 신철 형님과 모자란 제 글이 세상에 빛을 볼 수 있도록 칼럼 지면을 할애해준《아시아빅뉴스》와 배드보스컴퍼니의 조재윤 대표 및 래피를 응원해주시는 모든 분에게 고맙다는 말을 전합니다.

DJ 래피
nikufesin@hanmail.net

차례

프롤로그 · 05

첫 번째 이야기

세상
바라보기

개와 고양이 · 13 | 길 · 16 | 디폴트 · 20 | 물음표 vs. 느낌표 · 22

앎과 삶 · 26 | 감사 · 29 | 최고의 래퍼 · 32 | 산책 · 36

피할 수 없으면 즐겨라 · 38 | 존재의 미학 · 40 | 탐욕의 끝은 있는가 · 43

아큐 정신 · 47 | 렛 잇 비 · 50 | 행복한 사람 · 53 | 2×2=4 · 57

기타와 굳은살 · 60 | 깨진 유리창 · 63 | 행복의 가죽 주머니 · 67

카르페 디엠 · 70 | 선택 · 74 | 기적 · 78 | 유레카 · 81

거절의 미학 · 83 | 메타 인지 · 86 | 내 인생의 주연배우 · 90

실존적 자유 1 · 92 | 에피쿠로스의 사치 · 95

두 번째 이야기

일상의
치유

괜찮아 · 103 | 등가교환의 법칙 · 106 | 휴식의 미학 · 109

삶이 소중한 이유 · 112 | 민들레와 개미 · 114 | 빈 배 · 117

웃음 바이러스 · 121 | 술과 무의식 · 124 | 시간 · 128

시간이 없다 · 131 | Top보다는 Only · 135 | 무지의 지 · 139

잠시 빌린 것 · 141 | 아마추어 · 144 | 천상천하유아독존 · 148

너 누구니 · 151 | 실존적 자유 2 · 155 | 시간 부자 · 158

미니멀리즘 · 162 | 화 · 166 | 적당한 결핍 · 169

상처를 피하는 법 · 173 | 인정 투쟁 · 177

세 번째 이야기

함께
살아가기

페미니즘과 페미니스트 · 183 | 지랄 총량의 법칙 · 186 | 소외 · 190

늦바람 · 194 | 공생과 포용력 · 197 | 불편한 진실 · 201

믹싱의 변증법 · 205 | 기소불욕 물시어인 · 208 | 우정 · 211

독설 · 214 | 함께 살아가기 · 217 | 사랑도 의리다 · 221 | 엄친아 · 226

점과 선 · 231 | 술과 물 · 233 | 비난과 비판 · 237 | 군자 vs. 소인 · 239

살얼음을 걷듯이 · 241 | 자연으로 돌아가라 · 244 | 패턴 깨뜨리기 · 247

첫 번째 이야기 ─

세상 바라보기

개와 고양이

분자식은 같지만 구조가 달라서 다른 성질을 갖는 화합물을 구조 이성질체라고 한다. 한 예로 뷰테인(C_4H_{10}, 부탄가스의 그 부탄이 맞다)은 4개의 탄소 원자가 연속하여 사슬 모양으로 결합하고 있는 노말뷰테인과, 1개의 탄소 원자에 다른 3개의 탄소 원자가 결합한 아이소뷰테인, 두 이성질체가 있다.

같은 분자식을 가지고 있어도 그들이 결합된 구조가 다르면 전혀 다른 성질의 물질이 된다. 마찬가지로 사람 역시 생각의 구조가 다르면 성질도 다를 수 있다. 사람들은 대개 이분법, 즉 이것과 저것을 죽기 살기로 가르려는 사고방식에 길들여져 있다. 그러나 연암 박지원은 이렇게 말했다.

"참되고 올바른 식견은 진실로 옳다고 여기는 것과 그르다고 여기는 것 중간에 있다."

이 세상에 '절대'와 '고정불변'은 없다. 모두가 상대적이고 가변적이므로 극단의 사고에서 벗어나 다양한 견해와 관점을 고려하는 게 필요하다. 이는 마치 니체가 묘사한 '광대의 줄타기'와 비슷하다. 줄을 타는 광대는 이쪽으로 기울어져도 떨어지고 저쪽으로 기울어져도 떨어진다. 몸이 한쪽으로 기울면 다시 반대쪽으로 몸을 기울여야 떨어지지 않는다. 이처럼 이쪽과 저쪽 사이의 중간에 존재하는 어느 지점을 쉼 없이 찾으면서 앞으로 나아가는 것, 그게 바로 올바른 길이 아닐까?

개와 고양이가 만나면 싸우는 경우가 많다. 이는 서로 사이가 좋지 않아서가 아니라 의사소통 방식이 달라서다. 개 입장에서 하는 반갑다는 표현이 고양이에게는 공격할 때 취하는 동작이 될 수 있다. 어쩌면 우리도 개와 고양이처럼 소통 방식으로 인해 상처받으며 살고 있는지도 모르겠다. 서로의 소통 방식이 다름을 알고, 다름을 이해하려고 노력하는 것이 우리에게 필요하다. 서로의 다름을 이해하려 하지 않을 때 싸움은 시작된다. 너와 내가 모여 우리가 됐지만 너와 나는 서로 다르다. 같을 수도 없고 같아서도 안 된다.

어떤 심리학자는 한 인간이 다른 인간을 판단하고 평가하는 자체가 폭력이라고 주장했다. 괜히 그 사람이 싫다고 뜯어고치려고 하니까 그 상황이 무척 괴로운 경험이 된다. 그 사람은 그냥 그 사람일 뿐이다.

이쪽과 저쪽 사이의 중간에 존재하는 어느 지점을
쉼 없이 찾으면서 앞으로 나아가는 것,
그게 바로 올바른 길이 아닐까?

길

자칭 멘토라는 사람들의 강연에 꼭 등장하는 말이 있다.

"진정으로 가슴 뛰는 일을 찾아라! 꿈을 찾아라!"

그런데 주위를 한번 둘러보라. 모든 사람이 그렇게 '특별하게' 살 수는 없다. 누군가의 꿈을 지켜주기 위해 살아가는 사람도 있다. 그런 사람은 꿈이 없는 게 아니라 사랑하는 사람이 꿈을 꿀 수 있도록 해주는 것이 그의 꿈일 수도 있다. 우리는 그것을 책임감이라고 부른다. 어떤 이는 열심히 일하고 집으로 가는 길이 가장 가슴 뛰는 일일 수도 있다. 우리 주변에는 가족 때문에 다른 선택은 제쳐두고 그 일을 하고 있는 '평범한' 사람이 더 많다. 그리고 세상은 '평범한' 사람들이 있기에 잘 돌아간다.

꼭 거창한 꿈을 가져야만 할까? 꿈은 찾는 게 아니라 만드는 것이다. 인생에 모범 답안은 없다. 나는 자신의 성공을 이야기하면서 '운'을 제일 먼저 들지 않는 사람의 이야기는 신뢰하지 않는다. 모든 성공에는 운이 크게 작용한다. 인생은 '노력과 의지'라는 씨줄과 '운'이라는 날줄이 만나 직조된다.

원하지 않았던 길을 걷는다고 해서 행복하지 말라는 법은 없다. 의도치 않게 들어선 길에서 생각지도 못한 인연을 만나고 행복을 찾을 수도 있으니까. 반면에 꿈의 길을 걷는다고 해서 방황하지 않는다는 보장도 없다. 어떤 경우에는 꿈이 있다는 것이 오히려 저주가 될 수도 있다. 꼭 이루고픈 꿈이 있는데 그것을 이루지 못했을 때 맞게 되는 좌절감의 무게란 상상 이상이니까.

많은 자기계발서에서는 "이 길이 내 마음이 담긴 길인가?"라고 물으며 그 길을 선택하라고 한다. 하지만 마음은 믿을 수 있는가? 마음은 그때그때 상황에 따라 생기기도 하고 없어지기도 한다. 만약 마음이 가족을 향해 있다면? 길을 먼저 선택하고 마음을 담을지, 마음을 담은 뒤에 그 길을 갈지는 사람마다 처한 상황에 따라 다르다. 그어떤 것도 정답이라고 확정하지 말아야 한다.

꼭 타인으로부터 인정받아야 하고, 칭찬을 받아야만 옳은 선택이라고 누가 정했나? 많은 사람이 지금 걷고 있는 이 길을 위해 돌고 돌아왔다. 길 자체가 인생이다.

꼭 거창한 꿈을 가져야만 할까?
인생은 '노력과 의지'라는 씨줄과
'운'이라는 날줄이 만나 직조된다.

걷다 보면 바로 그 길이 내 길이 된다. 지금 그대로의 당신도 충분히 아름답다. 길(路)은 '발 족(足)'과 '제각기 각(各)', 즉 사람이 제각기 밟고 다녀서 굳어진 곳이다. 인생은 어차피 각자의 갈 길을 걸어갈 뿐, 남들이 뭐라고 하든 판단은 본인이 하면 된다. 대신 결과도 자신의 몫으로 받아들이고, 타인의 간섭이나 칭찬, 질타에 일희일비하지 말자. 그 어떤 길도 수많은 길 중 하나에 불과하다. 정답은 없다. 지금 이 순간에도 어디에선가 묵묵히 자신의 길을 밟아나가는 모든 이들을 응원하며, 으랏차!!

디폴트

대중교통을 선호하는 편이지만 가끔 운전을 하다 보면 공격적인 사람들을 만나게 된다. 미리 깜빡이를 켠 상태로 차선 변경을 시도했는데도 뒤에 있던 차가 갑자기 빠른 속도로 달려오거나 하이빔과 동시에 경적을 울리며 매우 신경질적으로 반응하는 경우가 제법 있다.

왜 그런지를 한번 곰곰이 생각해봤다. 내가 내린 결론은 두 가지다.

첫 번째는 '보지 못했고, 알지 못한 관계'라서 그렇다. 《맹자》에 제물로 끌려가며 눈물을 흘리는 소를 보고 왕이 불쌍하게 여겨 소를 양으로 바꾸라고 명령했다는 이야기가 나온다. 왕이 소를 양으로 바꾸라고 한 까닭은 보고 만났다는 사실 여부였다. 왕은 소가 끌려가는 것을 눈앞에서 보았지만 양은 보지 못했기에 양으로 바꾸라고 한 것이다. 여기에서 본다는 것은 '만난다'는 것이고, 만나고 서로 안다는 것은 결국 '관계'를 의미한다. 만약 아는 사람이었다면 뒤차가 내게 그렇게 했겠는가?

두 번째는 '침략'에 대한 인간의 무의식적 거부 반응 또는 집단 무의식이 그 이유다. 인간은 침략에 대한 무의식적 거부감이 존재하는데 우리는 그것을 디폴트(Default), 즉 기본값으로 설정해야 한다. 당신이 수렵 채집인이라고 가정해보라. 길을 가다 누군가를 처음 만났다면? 그다지 반가운 존재가 아닐 것이다. 인간이라는 존재는 늘 안심하고 싶어 하며, 자신이 갖고 있는 확신을 불편하게 할 어떤 존재를 그다지 좋아하지 않는다. 그래서 새로운 것을 불신하는 경향이 있고(Neophobia, 새것 공포증) 또한 종종 미지의 것을 두려워한다. 논리적이지 않지만 실제 우리 사이에 존재하는 현실이 그렇다.

인생에는 기본값 설정이 매우 중요하다. 기본값 설정을 잘해 놓으면 어떤 일이 일어나더라도 너그러움을 가지고 감정적 거리를 유지할 수 있다. 웬만해서는 분노나 유감, 실망 등에 가슴을 졸이지 않아도 된다. 우리가 욕쟁이 할머니 가게에서 욕을 들었다고 해서 할머니와 싸우는가? 아닐 것이다. 왜냐하면 '저 할머니는 원래 욕을 하는 사람이다'라는 사실을 이미 기본값으로 받아들이고 가기 때문이다. 바로 이것이 기본값의 힘이다. '아, 저 사람은 원래 저렇더라'는 기본값을 가지고 살면 미움, 증오, 분노가 눈 녹듯이 사라진다. 미움을 없애고 다투지 않으면 세상살이가 편안하다.

물음표 vs. 느낌표

신화 속 영웅의 여정에는 공통점이 있다. 영웅이 되려면 고향을 떠나야 한다. 그리고 시련을 겪고 좌절을 맛보아야 한다. 그런 과정을 통해 결국 다시 일어나서 영웅이 된다. 신화는 결국 인간의 행동과 심리의 원형으로, 현재를 살아가고 있는 우리의 이야기다.

우주는 원자가 아니라 이야기로 구성되어 있다. 모든 고전에는 사람의 이야기가 있는데, 여기에는 일정한 패턴이 있다. 그 패턴의 핵심은 사실 성공이 아니라 '실패'다. 항상 좋은 일만 생기고, 항상 내 뜻대로만 흘러가는 인생이 있던가? 쉽지 않다. 삶은 우리의 바람과는 다르게 다가오는 운명들로 가득 차 있으며 어떤 나라에서, 어떤 부모에게서 태어날지, 어떤 외모와 능력을 갖게 될지, 어떤 병에 걸릴지 등 우리가 선택할 수 없는 것들 천지다.

실패는 불가피하다.
살아 있는 한 어떤 일에
실패하지 않고 살 수는 없다.

불안과 좌절은 잘못 설정된 기본값으로부터 온다. 세상에는 아픔, 상처, 실패 따위가 도처에 널려 있는데 내게는 행복, 사랑, 성공만이 가득해야 한다고 기본값을 설정하니까 늘 불안하다. 인생의 기본값은 성공이 아니라 실패다. 삼라만상의 원리가 그렇다. 삶에서 실패는 불가피하다. 살아 있는 한 어떤 일에 실패하지 않고 살 수는 없다. 크게 보면 사람은 두 가지 범주로 나눌 수 있다. 좌절을 딛고 일어나서 더 현명해지고 강해지는 사람과 실패 앞에 울고불고 짜증내며 분노하는 사람.

"왜 하필 내게 이런 병이 생기지?"

"왜 하필 내게 이런 일이 생기냐고?"

'하필'과 함께하면 온통 물음표와 한탄으로 가득하게 된다. 하지만 '하필'을 버리는 순간, 물음표보다는 느낌표가 가득한 삶이 펼쳐진다. 사실 'stupid'라는 말은 라틴어 'stupidus'에서 왔는데, '놀라운 일을 당해 어리둥절하다'는 뜻이며 모든 일에 경이로움을 느끼는 사람이라는 의미가 포함되어 있다. 나는 매순간을 이렇듯 느낌표와 함께 경이로움을 느끼며 살고 싶다.

"아, 일이 이렇게 되어버렸구나! 힘내자, 으랏차!"

"후! 좋구나, 좋아!"

우리는 우리의 운명이 평온하기를 바랄 게 아니라 오히려 수많은 어려움과 실패가 가득할 것임을 미리 기본값으로 설정해야 한다. "소원 다 이루세요"라는 말, 그 말이 아이러니하게도 불행의 원인이 될 수 있다. 우리는 신이 아닌 사람이기에 안 될 일은 결국 안 되는 법이고, 안 될 때는 아무리 노력해도 안 된다. 하지만 숱한 실패 속에서 하나의 작은 성공을 일궈내는 것, 부족한 가운데 내가 원하는 것을 하나 얻는 것, 10개를 포기하고 소중한 하나를 얻는 것, 그게 바로 느낌표 가득한 행복이 아닐까.

앎과 삶

예전 같으면 수첩이나 공책에서, 요즘에는 메신저 프로필이나 휴대전화 화면에서 흔히 발견되는 짧은 문구들은 소위 '명언'이 많다. 아마도 각자 마음에 깊이 새겨 자신의 정체성을 나타내는 매개체로 활용한 것이리라. 그런데 유독 "그거 누가 언제 말한 거야?"라고 물으면서 최초 발화자에 집착하는 사람들이 있다. 그렇게 되면 그 말 자체의 의미보다는 그것을 말한 '사람'에 포커스가 맞춰지게 된다.

소위 '명언'의 최초 발언자를 추적하는 행위는 별로 의미가 없다. '누가 먼저 그 말을 했느냐'를 알아내려면 역사 속으로 끝없이 추적해 들어가야 한다. 중요한 것은 그 뜻을 명심하고 내 삶에 적용하는 것이다. 누가 언제 말했는지가 왜 중요한가? 그리고 알고만 있으면 뭐 하나? 앎이 앎으로만 그쳐서는 안 된다. 앎을 '함', 즉 실천으로 옮겨야 비로소 앎은 삶이 된다.

가령 사람들은 영화 〈죽은 시인의 사회〉를 통해 유명해진 '카르페 디엠(Carpe Diem)'이라는 문구를 좋아하는데, 이 문구는 호라티우스의 '현재를 잡아라, 가급적 내일이라는 말은 최소한만 믿으며(Carpe diem, quam minimum credula postero)'에서 유래했다. 그런데 로마의 호라티우스는 BC 65~BC 8년 시대의 사람이다. 저 말이 어디에서 먼저 나왔나를 굳이 따지자면 사서삼경의 《시경》이 먼저다.

《시경》은 최고(最古)의 시집으로, 주나라 초부터 춘추 시대까지의 시 311편을 풍(風, 여러 나라의 민요), 아(雅, 조정의 연회에서 주로 불린 시가), 송(頌, 선조의 덕을 기리는 노래)의 세 부문으로 나누어 수록하였다. 《시경》〈진풍〉편 「거린」에 '금자불락(今者不樂) 서자기망(逝者其亡)'이라는 문구가 있다. '현재를 즐기지 않는다면 세월 지나 죽고 만다'는 의미다.

어떤가? 주나라가 BC 1046~BC 771년, 진나라가 BC 221~BC 206년 사이에 있던 나라들이니, 호라티우스 시대와는 비교도 안 된다. 중요한 것은 언제, 누가 그 말을 했느냐가 아니다. 그것은 달을 가리키는데 손가락을 보고 있는 것이나 다름없다. 그저 그 뜻을 반복해서 곱씹으며 되새김질하다 보면 앎이 삶이 되어 자연스레 스며든다. 스며들면 주머니 속의 송곳처럼 숨기려 해도 저절로 드러난다. 드러나면 뚜렷해지며, 뚜렷하면 빛나고, 빛나면 움직이며, 움직이면 변화한다.

앎이 앎으로만 그쳐서는 안 된다. 앎을 '함', 즉 실천으로 옮겨야 비로소 앎은 삶이 된다. 앎에는 지식이 필요하지만, 삶에는 지혜가 필요하다. 지식의 '지'는 '알 지(知)'이지만, 지혜의 '지'는 '슬기 지(智)'다. 지식은 바깥의 것이 안으로 들어오는 것이지만, 지혜는 안에 있던 것이 밖으로 나가는 것이다. 사소한 것부터 그리고 나부터 앎을 어떻게 삶으로 만들어갈지를 고민하기 시작하면 그것은 결국 사회 전반으로 확대된다. 그렇게 한 명, 한 명이 작은 일부터 실천하고 행하면서 앎을 삶으로 만들어간다면 좀 더 나은 사회가 되지 않을까?

감사

삶에 대해 늘 감사하는 마음을 갖자. 지금의 내 모습은 먼 옛날의 내가 늘 꿈꾸어오던 모습이다. 디테일의 차이는 있겠으나 분명 간절히 원하던 일들의 대부분은 이미 이루었으며, 또는 현재 진행형이다. 좋아하는 일을 하며 산다는 것만으로도 얼마나 감사한 일이던가. 지금 나에게 일어나는 모든 일의 의미를 이해하고 삶에 대해 감사하자.

초심 그리고 근원적인 물음인 '나는 누구인가'를 되뇌어라. 순간순간 '나는 무엇이며 어디로 가고 있는가'를 깊이 자각해야만 끊임없이 옥죄어 들어오는 집착의 유혹 속을 표류하지 않을 것이다.

너무 채우려다 보니 오히려 더 새어나가더라. 내려놓음 그리고 비움. 그 비움이 가져다주는 충만으로 나를 채우자 세상이 나를 다시 받아주었다. 비움, 그것은 확연한 깨달음에 도달한 끝에 취하는 행동

인간은 자연에서 태어나 자연으로 돌아간다.
자연의 일부이기에 자연의 순리대로 살아야
육체적으로도, 정신적으로도 가장 건강할 수 있다.

이며, 또 다른 세상을 창조하기 위한 첫걸음이다. 삶의 크나큰 변곡점을 겪고 나자 비로소 그것이 눈에 들어왔다.

나는 지금 이 순간이 나에게 주어진 유일한 순간인 것을 안다. 아직 오지 않은 순간들에 대해서는 모든 가능성을 열어둔 채 지금 이 순간을 받아들인다. 용서와 이해를 통해 내 안의 자연을 되찾고 눈앞의 이해관계에서 벗어나 우리 모두는 서로 연결된 존재라는 사실을 깨닫는다.

인간은 자연에서 태어나 자연으로 돌아간다. 자연의 일부이기에 자연의 순리대로 살아야 육체적으로도, 정신적으로도 가장 건강할 수 있다. 우리는 탄생과 소멸, 음과 양, 성장과 쇠퇴 등의 자연 흐름을 절대로 거역할 수 없다.

헨리 데이비드 소로는 자연 속에서 집필한 《월든》을 통해 끊임없이 자기 자신을 성찰하라고, 경험을 통해 세계를 바라보는 안목을 넓히라고, 경쟁에 마음을 졸이지 말고 자신의 리듬대로 삶을 살아가라고, 삶을 즐기라고 말한다.

> 나를 얽어맨 구속에서 벗어나야만 삶의 예속물이 아닌 삶의 주체로서 거듭날 수 있다. 만족할 줄 알아야 불필요한 것들과 거리를 두고 자기 자신과 더욱 가까워질 수 있다.

최고의 래퍼

워싱턴의 한 지하철 입구. 모자를 푹 눌러쓴 청년이 낡은 바이올린을 연주하기 시작했다. 하지만 지나가는 사람들은 전혀 관심이 없었고, 연주 후 모인 돈은 불과 몇 달러밖에 되지 않았다. 그는 세계적인 바이올리니스트 조슈아 벨이었지만 '조슈아 벨'이라는 꼬리표가 없는 한 그저 평범한 버스커일 따름이었다. 그날 그는 350만 달러에 이르는 스트라디바리우스 바이올린으로 45분 동안 연주했지만, 유심히 쳐다본 사람은 극히 일부에 불과했다. 만일 그가 조슈아 벨이라는 것을 미리 알리고 공연했다면 어떤 일이 일어났을까?

조슈아 벨의 연주가 아무리 훌륭하다고 해도, 값비싼 연주회장이나 매스컴의 찬사, 유명 인사라는 꼬리표, 사람들의 환호가 없다면 그 가치는 제대로 인정받지 못하는 게 현실이다. 중요한 것은 상징적 체계로서의 '이미지'다. 그것이 바로 '브랜드'다. 브랜드를 갖게 되는 순간, '아우라'도 형성된다. 후광은 그제야 반짝대기 시작한다. 그렇게 되고 나면 이제 사람들은 그를 신처럼 받들고, 그의 브랜드와 이미지에 돈과 시간을 기꺼이 지불한다.

사람뿐만이 아니다. 브랜드의 가치를 평가하는 방법 중 흔한 것이 블라인드 테스트다. 대표적인 예가 코카콜라와 펩시의 실험이다. 고객의 눈을 가린 후에 두 제품을 시음한 실험에서 제품 선호도는 펩시가 코카콜라보다 7% 높게 나왔다. 하지만 제품의 브랜드를 먼저 보여준 다음 시음했을 때는 그 결과에 현격한 차이가 났다. 코카콜라가 42% 높게 나타난 것이다. 이렇게 사람들은 브랜드와 이미지만으로 어떤 대상의 손을 기꺼이 들어주었다.

브랜드를 가진 사람과 아닌 사람이 똑같은 노래를 똑같이 불러도 반응은 다를 것이다. 브랜드를 가진 사람과 아닌 사람이 똑같은 랩을 똑같이 해도 반응은 다를 것이다.

"선생님이 생각하시는 최고의 래퍼는 누군가요?"

강연장에서 가장 많이 받는 질문 중 하나이다.

그럴 때 내 답은 이렇다.

"최고의 래퍼라는 건 이 세상에 없다. 다만 브랜드를 가진 래퍼만 있을 뿐이다."

'어떤 음악이냐'가 아니라 '어떤 사람인가'가 중요하다. 남들과는 다른 아우라, 이미지, 브랜드를 가졌는가 아닌가가 중요하다. 브랜드와 아우라는 타고나는 게 아니라 자신의 색깔과 향기를 찾아 끝없이 가시밭길을 가는 사람에게만 주어지는 것이다. 대량 복제, 표준화 시

'어떤 음악이냐'가 아니라
'어떤 사람인가'가 중요하다.
남들과는 다른 아우라, 이미지, 브랜드를
가졌는가 아닌가가 중요하다.

대에 생존할 수 있는 유일한 길은 자신만의 아우라, 즉 탁월한 '차별화'를 갖는 것이다.

대중이 소비하는 것은 '상징적 체계'다. 사람들은 상품의 기능보다는 상품이 상징하는 평판, 권위, 즉 '기호'를 소비한다. 우리는 이미지를 소비하는 사회에 살고 있다. 1등도 영원한 1등이 아니다. 《주역》이 말하는 법칙은 '이 세상 모든 것은 변한다'는 것이다. '화무십일홍(花無十日紅), 인불백일호(人不白日好), 세불십년장(勢不十年長)'이라 했다. 아름다운 꽃도 10일이 지나면 시들기 마련이고, 좋은 사람도 100일을 못 가며, 권세 역시 10년을 못 간다. 1등이 계속 1등을 유지하기란 매우 어렵다. 하여 1등이 1등을 유지하기 위해서는 끊임없이 쫓겨야만 한다. 현실에 안주하는 순간, 내려가는 일만 남을 것이다. 그러니 1등을 목표로 하기보다는 Only One, 즉 '남들과는 다름'을 목표로 하는 것이 낫다.

산책

비봉산을 한 바퀴 하듯 삼청동 골목길을 느긋이 걸었다. 제법 맛이 있다는 닭꼬치도 줄 서서 기다려서 몇 개 산 후에 기네스와 함께 먹으며 오랜만의 산책을 즐겼다.

기억하라. 세상을 놀라게 한 창조적 아이디어는 걸으면서 생겨났다는 사실을. 아리스토텔레스의 소요 철학을 위시해서 에디슨도 자신의 수많은 발명이 오솔길에서 탄생했노라고 자서전에서 밝히고 있다. 아인슈타인의 상대성 이론도 학생들과 산책 중에 떠올랐다고 한다.

조용한 호흡과 보행. 이때 특히 해마의 세타파가 활성화되며 세로토닌 분비가 활발해진다. 이럴 때 뇌는 가장 창조적인 아이디어가 떠오르는 상태가 된다.

기억하라.

세상을 놀라게 한 창조적 아이디어는

걸으면서 생겨났다는 사실을.

피할 수 없으면 즐겨라

피할 수 없으면 즐겨라? 이 말은 정말 없어져야 할 말이다. 이 말만큼 폭력적인 것도 없고, 그만큼 잔인하게 인간을 괴롭히는 말도 없다. 인간의 삶에서 진정으로 피할 수 없는, 즉 내 힘으로 어쩔 수 없는 일은 극히 드물게 일어나는데 우리는 그것을 '불가항력'이라고 부른다. 그런데 불가항력을 영어로 하면 'act of God'이더라. 말 그대로 신의 활동인 것이다.

반면에 신에 의한 일이 아닌, 인간이 스스로 불러들이는 대부분의 일은 하나부터 열까지 자기의 선택에 따른 결과물이다. 우리 모두에게는 (독재 사회가 아닌 한) 자유로운 선택이 보장되므로 'act of God'에 해당되는 일이 아니라면 피할 수 있는 것은 기를 쓰고 피해야 한다. 애초에 선택하지 말아야 하거나 잘못 선택했다 싶으면 냉정하게 선택을 철회해야 한다. 매몰 비용의 오류는 인간의 관계와 감정에도 적용이 되어야 한다.

사람은 누구나 불완전하기에 내 마음인데도 그것에 대한 판단이 흔들리거나, 또는 '여우와 신포도'처럼 인지 부조화를 겪는 경우가 있다. 이럴 때 냉정한 판단을 도와줄 좋은 방법 하나를 소개하겠다. 바로 코나투스(conatus) 개념인데, 누군가와의 관계 정리에는 코나투스만 한 게 없다. 코나투스는 이를테면 '마음속의 어떤 게이지'라고 이해하면 된다.

자, 여기 어떤 사람이 있다. 그 사람을 떠올릴 때 내 기분이 좋거나 긍정적인 느낌이 확 일어난다면 코나투스의 게이지가 올라간다고 해석하면 된다. 이것이 바로 'good'의 상태다. 반대로 그 사람이 밥을 먹고 있는데 그게 '처먹고 있는' 것으로 보이면 코나투스의 게이지가 한없이 밑으로 꺼지는 것이며, 이것이 바로 'bad'의 상태다. 한번 물어보자. 'good'을 두고 굳이 'bad'를 선택해서 힘들어하고 화내고 스트레스 받을 이유가 대체 무엇인가?

누군가 내 앞에서 밥을 먹고 있는데 그게 '처먹고 있는' 것으로 보이면 그 관계는 이미 끝난 것이며 회복될 가능성이 거의 없다. 끝난 관계에 집착하지 마라. 화도 내지 말고 슬퍼하지도 마라. 누구의 잘못이 더 큰지 따지지도 마라. 무의미하다. 'good'을 두고 굳이 'bad'를 선택한 나에게 "내 탓이오" 하고 외친 후 그냥 잊어라. 피할 수 없으면 즐겨라? 피할 수 있는 것은 기를 쓰고 피해라!

존재의 미학

　　"선생님, 제가 뭘 좋아하는지 모르겠어요. 저는 뭘 해야 할까요?"

　　요즘 우리 아이들은 사회가 만들어놓은 어떤 프레임에 갇혀 머리 모양이고 패션이고 하나같이 똑같다. 그러다 20대, 30대가 되어도 여전히 남들이 하는 것을 따라 해야 편안해한다. 타인의 눈치를 보다가 뭐가 좋다고 하면 우르르 몰려간다. 다른 시각에서 바라보면 이것이야말로 푸코가 말하는 근대 통제 권력의 효과일지도 모른다. 수많은 규율 기관과 TV 같은 대중매체에 휘둘리면서 하나같이 판박이가 되어버린 것이다.

　　더욱 심각한 것은, 진짜 하고 싶은 것을 마음대로 하라고 판을 깔아줘도 당최 뭘 해야 할지 몰라 한다는 사실이다. 자신이 뭘 하고 싶은지, 뭘 좋아하는지조차 모르는 경우가 태반이다. 그러다 보니 누군가의 시선을 의식해서라도 뭔가를 하고 바쁘게 움직여야만 좀 마음이 놓인다. 지금 스스로 자신을 괴롭히며 뭔가를 맹목적으로 좇는 게 정말 자신이 원해서 하는 것인지 우리는 끊임없이 되물어야 한다.

나는 내 삶을 내가 원하는 대로 '살아가는' 것인가? 아니면 권력의 입김에 따라 잘 규율되고 훈련되어 '살아지는' 걸까? 이 물음에 답을 못한다면 진짜 자유롭다고 말할 수 없다. 이제는 그 누구도 아닌 '나'를 의심해봐야 한다. 지금의 '나'는 진짜 '나'인가? 모든 게 너무나 빠르게 지나가고 빠듯하게 돌아가는 세상에서 나를 무섭게 몰아세우지 않으면 너무나 불안하기에 사람들은 뛰고 또 뛰고 밤새 뛴다.

어디를 가도 활짝 웃는 사람들이 없다. 일자리가 없다고 아우성이지만 정작 일을 하고 있는 사람들은 일 때문에 미치겠다고 한다. 많은 사람들이 밥벌이를 핑계 삼아 마지못해 일을 하고 있다. 자신이 왜 그 일을 하는지, 그 일의 의미는 무엇인지 묻기보다는 일에 끌려가는 형편이고, 직장에서만 의미를 찾으려 드니 노동 시간도 길어진다. 이것을 진짜 자유라고 할 수 있는가?

이미 충분히 행복한데,
자꾸만 더 행복하라고 하니 나는 잠이 올 수밖에.
이미 충분히 즐거운데,
자꾸만 더 즐거우라고 하니 나는 잠이 깰 수밖에.

나는 내 삶을 내가 원하는 대로 '살아가는' 것인가?
아니면 권력의 입김에 따라 잘 규율되고 훈련되어
'실아지는' 길까?

탐욕의 끝은 있는가

경남 진주는 얼마 전 운석 때문에 제법 핫해진 도시로 나의 홈타운이다. 운석으로 추정되는 암석이 잇따라 발견되자, 진주에 운석 찾아 돈 좀 벌어보겠다는 사람들이 속속 나타나고 있다는 기사를 보고 문득 골드러시가 떠올랐다.

1848년, 캘리포니아에서 금광이 발견되자 많은 사람들이 일확천금을 노리고 몰려들었다. 이른바 골드러시다. 일확천금이란 자기가 좋아하거나 또는 자기에게 의미 있는 일을 통해 돈벌이를 하는 게 아니라 그저 '돈' 그 자체로 지향성을 지니고 있는 바, 아마도 그들은 금을 찾게 되더라도 그 돈으로 어디에 뭔가를 기부하거나 인류의 발전 내지는 삶의 질 향상에 이바지할 생각은 조금도 없었을 것이다. 그건 그렇고 아무튼 재미있는 사실은 돈을 번 사람들이 엉뚱하게도 청바지 장사였다는 것! 리바이스 형제는 금을 캐는 험한 작업에도

그들은 꽃이란 꽃은 모조리 꺾어버릴 수 있을 테지만,

그렇게 해도 결코 봄의 주인이 될 수는 없을 것이다.

버틸 수 있는 청바지를 만들어 떼돈을 벌었다.

15세기 국제 시장에는 항상 벤치에 앉아 있는 사람이 있었다. 그는 물건의 직접 판매나 구매에 관련된 사람이 아니라 장사꾼들의 돈 계산을 대신해주는 사람이었다. 물론 수수료가 붙었고, 이렇게 탄생한 것이 메디치 금융 그룹이다. 은행을 의미하는 단어 'Bank'는 이탈리아어인 'Banca', 곧 벤치를 의미하는 말에서 나온 것이다. 비에리 메디치는 이렇게 큰돈을 벌었고, 이후 메디치 가문은 적극적으로 예술가 후원에 나섰다. 아마도 대금업으로 돈을 번 것에 대한 일종의 속죄 의식이었을 수도 있다. 단테, 갈릴레오, 레오나르도 다빈치, 미켈란젤로 등 당대의 과학자, 예술인, 철학자들을 적극적으로 후원하였으며, 이들의 활약으로 피렌체는 르네상스라는 찬란한 꽃을 피울 수 있었다. 일명 메디치 효과다.

'적선지가(積善之家) 필유여경(必有餘慶)'이라 했다. 《주역》에 나오는 말로, '선을 베풀면 반드시 집안에 경사스러운 일이 찾아온다'라는 뜻이다.

조선 시대의 거상 임상옥의 정신적 스승이었던 홍득주는 임상옥에게 이렇게 말했다.

"장사는 돈을 남기는 게 아니라 사람을 남기는 것이다."

임상옥은 이 말을 일생의 신조로 삼았다. 흉년이 들면 자신의 재산을 내놓는 것은 물론이고 사재를 털어 군자금을 댔으며, 나중에는 먹고살 정도의 재산만 남기고 모두 사회에 기부했다.

큰 부자들은 모두 확고한 기부 철학을 가지고 있다. 록펠러, 카네기, 빌 게이츠, 워런 버핏 등은 모두 기부왕들이다. 반면 자신이 가진 것들로 자신의 존재 가치를 환원하는 신자유주의적 사고방식을 가진 금융 백만장자들은 기업 매각이나 헤지펀드, 사모펀드의 선수들이다. 탐욕스러운 자본 축적에 사로잡힌 이들은 수만 평짜리 호화 주택과 개인 전용 비행기 등 각종 과시적 소비가 목표다. 그럼에도 '언제나 자신의 현재 소득이 부족하다'는 불만을 가지고 있다. 이들에게 파블로 네루다의 시를 들려주고 싶다.

"그들은 꽃이란 꽃은 모조리 꺾어버릴 수 있을 테지만, 그렇게 해도 결코 봄의 주인이 될 수는 없을 것이다."

'최초의 욕구가 충족되자마자 그 같은 욕구를 충족시키는 행위나 도구가 새로운 욕구를 낳는다'는 마르크스와 엥겔스의 말을 굳이 끌어오지 않더라도, 새로운 소유는 늘 또 다른 소유욕을 낳는다. 영원히 채워지지 않는 이 욕망의 결핍을 슬라보예 지젝은 '잉여 쾌락'이라고 정의했다. 운석을 연구하는 학자가 아니라면 돈의 욕망을 좇아 진주로 운석 찾아 천릿길을 나설 게 아니라, 조금이라도 더 가치 있는 삶을 꾀하는 게 어떠할지. 아, 그래도 행여 가시거든 초전동에서 '동치미 냉면' 한 사발 하는 것을 잊지 마시라.

아큐 정신

한비자가 이런 이야기를 한 적이 있다. 한 사람이 도끼를 잃어버렸는데, 그 후 만나는 사람들마다 하나같이 도끼를 훔쳐간 놈처럼 보였다는 것이다. 마음이 온통 도끼에 쏠리면서 도끼가 곧 그의 세계이고 우주가 되었기 때문이다. 후에 도끼를 찾고 나서야 그의 마음속에 있던 의혹이 사라졌고 사람들도 더는 도끼를 훔쳐간 놈으로 보이지 않았다고 한다.

세상에는 노력만으로 안 되는 일들이 너무나 많다. 어떤 일은 인연이 있어야 하고, 어떤 일은 하늘의 결정에 맡기는 심정으로 받아들여야 한다. 자기 것이 아닌 것을 억지로 구하려 하지 말고, 도저히 얻을 수 없는 것은 버려야 한다. 그리고 버리는 법을 알아야 기쁨이 찾아온다. 짐을 지고 가는 길은 힘들고 고통스러울 수밖에 없다. 마음을 '도끼'에 묶어두지 말라는 것이다.

정신력으로 상황을 이겨내는 방법은 심신 건강에 유익한 심리적인 방어 기제이다. 사업이나 애정 관계 또는 결혼이 뜻대로 되지 않을 때, 불합리한 대우를 받고 마음이 상해 있을 때, 무고하게 인신공격을 받거나 불공평한 평가를 받아서 화가 나 있을 때, 아큐 정신(루쉰의 소설《阿Q정전》의 주인공 아큐는 남들이 뭐라고 하든 말든 스스로를 치켜세우며 자기만족과 위안에 젖은 채 살아가는 인물이다)을 발휘하여 평정을 회복하고 낙천적이고 태평스러운 마음을 가져보는 것도 좋을 것이다.

노자가《도덕경》에서 말한 '자족의 철학' 또한 이러한 이치다.

"가지는 것이 지나치면 가지지 않는 것만 못하고, 지나치게 날카로우면 오래 보존할 수 없다. 금은보화가 집 안에 가득하면 그것을 지킬 수 없다. 부귀로 인해 교만해지면 스스로 허물을 남기는 것이다. 따라서 공을 이루면 몸은 물러나는 것이 하늘의 도리다."

지나치게 자만하는 것은 적당한 때 멈추는 것만 못하고, 예봉을 드러냄이 지나치면 힘을 오래 보존할 수 없다. 아무리 집 안에 값비싼 보물이 쌓여도 영원토록 소유할 수는 없으며, 부귀하다 하여 교만하고 사치하면 자멸한다.

버리는 법을 알아야 기쁨이 찾아온다.
짐을 지고 가는 길은 힘들고 고통스러울 수밖에 없다.
마음을 '도끼'에 묶어두지 말라는 것이다.

렛 잇 비

폴 매카트니가 5월, 한국에 온단
다. 역사적인 첫 내한 소식만으로도 가슴이 떨려온다. '떼창' 전문인
우리나라 음악 팬들은 또 얼마나 멋진 떼창으로 폴 매카트니를 감동
시킬까.

무명의 록 밴드. 아무도 주목해주지 않았지만 음악에 대한 열정만
은 남달랐던 그들은 함부르크에 있는 한 클럽에서 푼돈을 받으며 날
이면 날마다 밤새도록 연주를 했다. 리버풀에서는 한 시간만 연주할
수 있어서 가장 잘하는 곡만 반복해서 연주했지만, 함부르크에서는
여덟 시간씩 연주할 수 있었기 때문에 여러 가지 곡들과 새로운 연주
방법을 시도할 수 있었다. 그리고 그동안 서로 조화를 이루어 멋진
곡을 만들어내는 법도 알게 되었다. 그래서 함부르크를 떠날 때 비틀
스는 다른 그룹들과는 차별화된 훌륭한 소리를 내게 되었다.

존 레논은 "나는 리버풀에서 길러졌지만 함부르크에서 성장했다"는 유명한 말을 남기기도 했다. 비틀스는 바로 그렇게 만들어졌다. 비틀스는 존 레논과 폴 매카트니라는 음악 천재들이 만든 그룹이 결코 아니다. 그들은 성공하기까지 꽤나 긴 세월을 연주하고 또 연주했다. 결국 그들이 쏟아부은 시간과 노력이 그들을 천재로 만들어준 것이다.

하지만 막판의 비틀스는 갈등의 골이 너무 깊어져 따로따로 리코딩을 하는 경우가 허다했다. 존 레논이 자신의 보컬과 기타 연주를 미리 녹음해두면, 나중에 폴 매카트니가 자신의 파트를 첨가하는 방식으로 녹음이 진행되었다. 때로는 아예 다른 스튜디오에서 다른 엔지니어와 작업하는 등 파행을 거듭했다. 수많은 문제가 비틀스를 위협하고 있었다. 존 레논의 삶에 새로이 등장한 여인 오노 요코도 다른 멤버들의 공공의 적이었다. 존 레논과 폴 매카트니의 다툼이 이어지자, 인내심을 잃은 조지 해리슨이 둘과 차례로 설전을 벌였고 급기야 셋의 눈치를 보는 것에 짜증이 난 링고 스타가 잠시 그룹을 탈퇴하기도 했다. 이런 비틀스의 모습에 프로듀서 조지 마틴은 절망했다.

최악의 상황에서 절망에 빠졌던 폴 매카트니는 어느 날 밤 꿈에서 어머니 메리를 만난다. 의기소침해 있는 아들에게 어머니는 "다 괜찮아질 거야. 그러니까 걍 내비둬라"고 하면서 위로했다. 너무도 사실적인 느낌의 꿈. 꿈속에 등장한 어머니로부터 큰 위안을 받은 폴 매카트니는 꿈에서 깨자마자 곧바로 곡을 썼다.

경희대학교 합창 동아리 '래빈'의 초창기 후배들은 아마 기억하겠지만, 오래전에 가요제에 내보낼 노래를 작업하다 〈렛 잇 비(Let It

Be)〉를 샘플링해본 적이 있다. 〈렛 잇 비〉에 녹아든 철학은 동양 철학, 즉 맹자와 장자를 관통하는 철학이다.

《맹자》에 '조장(助長)'에 대한 이야기가 나온다. '도울 조(助)'에 '길 장(長)'. 모를 낸 벼를 잘 자라게 한답시고 잡아당기면 벼는 죽어 둥둥 뜬다. 그러니 건드리지 말고 걍 내비둬라. 명리를 초월한 '무위자연'을 논한 장자의 후학들도 고스란히 스승의 철학을 이어받았다. 학의 다리가 길다고 자르지 마라. 걍 내비둬라.

렛 잇 비. 내비둬라.

비틀스의 마지막 앨범이 된 〈렛 잇 비〉는 그러한 철학을 담고 있다.

장 폴 사르트르는 천재에 대해 이렇게 정의 내렸다.
"천재는 재능이 아니라 절망적인 처지 속에서 만들어지는 돌파구다."

행복한 사람

삶의 여정은 결국 행복이라는 주제로 귀결된다. 행복이란 무엇인가. 남보다 많이 갖고 남보다 앞서는 게 행복이라는 생각과 더디더라도 함께 가는 게 행복이라는 생각. 인류 역사는 행복에 대한 이 두 가지 관점의 끝없는 대립이기도 했다.

모든 사람은 행복을 추구하며 어느 누구도 결코 예외는 없다. 행복을 추구하는 방법은 저마다 다를지라도 모두 한 지점을 향하고 있다. 전쟁을 일으키는 사람이나 막는 사람이나 모두 행복의 소망에서 출발한다. 행복은 모든 인간 행동의 동기이며, 심지어 스스로 목을 매 죽는 사람도 이 점은 같다.

사람은 사회적 동물이다. 영화 〈나는 전설이다〉에서 윌 스미스가 마네킹과 대화하는 장면을 기억하는가? 사람은 다른 사람과의 우애나 연대 없이 혼자서는 결코 행복할 수 없다. 우리는 물질적 축적이

행복해지기를 원하는가?

그러면 행복하면 된다.

아니라 다른 사람들과 조화를 이루는 순간, 바로 그 순간이 행복이라는 것을 안다. 아무리 많이 가지고 아무리 앞서도 나를 진심으로 아끼고 염려하는 사람이 없다면, 나와 진심으로 사랑을 나누는 사람이 없다면, 과연 그것을 행복이라 부를 수 있을까.

우리는 두 가지 경로를 통해 행복을 느낀다. 하나는 관계다. 나를 진심으로 사랑하는 사람이 있을 때, 그 관계 속에서 행복을 느낀다. 또 하나는 하고 싶은 일을 하며 사는 것이다. '좋아하는, 잘할 수 있는, 해야만 하는'이라는 삼위일체의 요소가 하나로 수렴되는 그러한 일을 해야 한다. 남 보기에 아무리 근사해 보이는 직업이라 해도 스스로 즐겁지 않다면 그 인생은 초라하기만 하다.

사람들은 행복해지기 위해 바쁘게 살지만 너무 바빠서 행복할 수 없다는 모순 속에 늘 빠져 있다. 이러한 삶을 살게 된 근본 이유는 물질적 성공을 하면 행복도 뒤따라온다고 생각하기 때문이다. 하지만 성공과 행복은 별개의 문제이다. 성공을 통해 순간적인 환희나 성취감을 누릴 수는 있지만 그것은 불과 3개월이면 사라진다. 더 큰 성공을 하기 위해 더더욱 숨 가쁜 일상을 보내야 한다.

성공 속에서만 기쁨을 누리는 사람은 이미 성공에 중독되어 또 다른 성공을 위해 미친 듯이 살아야만 한다. 마약이나 포르노가 무서운 이유는 항상 이전보다 더 큰 쾌락을 갈망한다는 점이다. 성공에 대한 욕심과 집착도 마찬가지다. 더하기를 추구하는 삶은 항상 이전보다 더 큰 성공과 더 많은 부를 갈망하게 되어 있다. 그래서 만족함이 없는 힘겨운 삶을 살게 되는 것이다.

현재 우리나라는 빛나는 경제 성장을 이룩했지만 자살률이 OECD

회원국 1위다. 기업들은 많은 돈을 벌었지만 개인의 파산은 엄청나게 증가하고 있다. 성공했지만 그 성공을 함께 나눌 가족이 뿔뿔이 흩어졌다. 성공했지만 불행하다. 기쁨도 즐거움도 없고 오직 성공했다는 사실 그 자체로만 위안을 받을 수 있다. 성공을 누리기에는 시간이 없고, 함께할 가족도 친구도 없다.

버트런드 러셀도 한때는 행복한 사람이 아니었으며, 늘 자살할 생각을 품고 있었다고 한다. 무엇보다 그가 삶을 즐기게 된 주된 비결은 집착을 줄이는 것이었다. 자신에 대한 집착의 결과는 바로 '더 많은 탐욕과 욕망의 충족'이라고 할 수 있다. 이러한 집착에 매여 있는 사람은 아무리 많이 가져도 행복할 수 없다는 것이 문제다.

그리스 철학자 에피쿠로스는 "작은 것에 만족하지 못하는 사람은 그 무엇에도 만족하지 못한다"라고 하며, "만족은 부를 누리는 데 있지 않고 욕망을 줄이는 데 있다"고 역설했다.

톨스토이는 다음과 같은 간결한 문장으로 행복을 표현한 바 있다.
"행복해지기를 원하는가? 그러면 행복하면 된다."
행복해지는 데는 어떠한 물질이나 명예도 필요하지 않다. 자기 자신의 존재 자체가 행복해질 수 있는 모든 조건이다.

$$2 \times 2 = 4$$

2×2=4는 이성에 의해 보증된 상식이다. 인류가 마땅히 준수하기로 정한 법칙이며, 이것에 역행하는 것은 곧 비정상이 되고 만다. 그런데 도스토옙스키는 묻는다. 어떻게 그것을 확신하냐고. 그것이 논리의 법칙이더라도 왜 모든 인간의 법칙이어야 하는가? 그는 2×2=5도 가능하다고 주장하면서 2×2=4가 꽤 괜찮은 녀석이라면 2×2=5는 사랑스럽다고 말한다.

알다시피 오늘날 교육의 목적은 인간을 평범하게 만드는 것, 정해진 틀에서 벗어나지 않게 하는 것이다. 그런데 그렇게 정해진 프레임대로만 살면 과연 모두가 행복할까? 다수가 지배하는 세계의 압제에 끌려다니지 않고 본인의 자유로운 의지대로 사는 삶은 전혀 가치가 없는 것일까? (물론 이 과정에서 타인을 해치고 법을 어기는 행위는 논할 가치도 없다.)

인간에게 정해진 운명이란 것이 있을 수 있을까? 설사 그런 게 있다고 해도 인간이 그런 운명에 만족하면서 살 수 있을까? 정답에 따라 산다는 것, 그것은 우리에게 어떤 의미인가? 도스토옙스키는 2×2=4가 합리적인 계산으로 분명히 훌륭하고 이의도 없지만, 언제나 4라는 사실을 참을 수가 없었다. 그는 2×2=4가 온 인류가 지향하는 삶의 목적이 되는 것은 죽음의 시작이며 인간에 대한 멸시라고 말했다. 노자 역시 "모두가 똑같은 것을 수행하는 사회보다 각자가 바라는 것을 하는 다양한 사람들이 모인 조직이 더 강하다"고 했다.

인간은 끊임없이 자기의 길을 개척해야 하는 존재다. 그 길의 목적지와 가는 방법은 각자가 정하는 것이지 태어날 때 이미 정해지는 것이 아니다. 도스토옙스키는 《지하 생활자의 수기》를 통해 다음과 같이 말한다.

"인류가 지향하는 지상의 모든 목적은 오직 목적 달성을 위한 이 끊임없는 과정에, 달리 말해 삶 자체에 있는 것이지, 어차피 2×2=4가 될 수밖에 없는 목적 자체에, 즉 공식에 있는 것이 아닐지도 모른다. 2×2=4는 이미 삶이 아니라, 여러분, 죽음의 시작이 아닌가⋯⋯. 인간에게는 언제 어디서든 이성이나 이익의 명령에 따르기보다 하고 싶은 짓을 제멋대로 하고 싶어 하는 성질이 있다. 설사 자기 자신의 이익에 반대되더라도 하고 싶은 길 어쩌겠는가⋯⋯. 여러분, 이런 어리석기 짝이 없는 행위, 즉 제멋대로의 변덕이야말로 우리 같은 인간에게는 이 지상의 무엇보다도 가장 귀중하고 유익한 것일는지 모른다."

이 세상에 절대 진리는 존재하지 않으며 모든 것은 상대적이다. 그 무엇도 쉽게 단언해서는 안 된다. 나는 요즘 말을 할 때, 매순간 의식의 화살표를 가지고 한 번 더 체크하면서 내뱉으려고 노력한다. 이를테면 소가 되새김질을 하듯이 입에서 말이 튀어나가기 전에 한 번 더 검열하는 방식이라고나 할까. 그러고는 최대한 말 앞에 밑밥을 까는 습관을 들이는 중이다. "제가 잘 몰라서 그러는데요……" 또는 "그래. 나는 네 의견을 존중해. 그렇다면 ○○는 어떨까?" 이런 방식의 언어 습관이다. "아니죠. 이건 ○○죠!", "얌마, 이건 ○○잖아!"와 같은 말투는 상대에게 상처를 주기 쉽다. 말과 칼 중에 더 무서운 것은 말이다.

기타와 굳은살

내가 이 세상에서 진리라고 생각하는 몇 안 되는 법칙 중 하나는 등가교환의 법칙이다. 만석꾼은 만 가지 걱정이 있고 천석꾼은 천 가지 걱정이 있듯이, 누구나 하나를 얻기 위해서는 반드시 하나를 잃어야만 하고, 뭔가를 얻기 위해서는 그와 동등한 무게의 대가를 지불해야 한다. 내가 피부로 체감하는 등가교환의 법칙 중 하나는 TV와 관련되어 있다. 나는 책을 읽기 위해 TV를 내다버렸고 그 오래된 결과로 활자 중독을 얻었다. 하지만 그 대가로 주변 사람들로부터 드라마나 예능 프로그램을 왜 안 보느냐는 타박을 자주 받는다. 사람마다 그 형식의 차이만 있을 뿐, 등가교환의 법칙으로부터 완전히 자유로운 인간은 아마도 존재하지 않을 것이다.

1992년 경남 진주에서 고등학교 록 밴드를 할 때, 나는 기타를 쳐보려고 한 적이 있다. 시도해본 사람이라면 누구나 알겠지만, 기타를

나는 모든 기타리스트를 존경한다.
손가락 끝의 고통을 참아내는 일 역시
자기가 간절히 원했기 때문에 가능했으리라.

치려면 손가락 끝을 괴롭히는 고통의 반복과 굳은살이 생기는 과정을 필연적으로 거쳐야 한다. 하지만 대부분의 사람들이 이 과정에서 기타 연주의 꿈을 접게 되고 기타에는 뽀얀 먼지만 쌓여간다. 나 역시 그 과정을 고스란히 겪었고, 결국 '손가락이 아닌 입으로 기타 소리를 만들어내자'며 에어 기타로 방향 전환을 하게 된다. 자기 합리화의 끝판왕 되시겠다(그런데 묘하게도 이게 반응이 괜찮았고, 당시 진주고등학교의 학생주임 선생님으로부터 '인간 가라오케'라는 별명을 얻게 된다).

나는 모든 기타리스트를 존경한다. 아마도 그들 중 대다수는 남이 시켜서가 아니라 자기가 하고 싶어서 기타 줄을 퉁기기 시작했을 것이다. 손가락 끝의 고통을 참아내는 일 역시 자기가 간절히 원했기 때문에 가능했으리라. 그들은 분명 연주해주고 싶은 누군가가 생겨서, 또는 간절히 연주해보고 싶은 곡이 생겨서 자발적으로 굳은살 대장정을 시작했을 것이다. 그 결과 그들은 삶에서 기쁨을 찾았을 것이며 또한 그들의 삶은 누군가에게 기쁨을 주었을 것이다.

자발적인 삶을 살며 기쁨을 찾는 일 그리고 자신의 삶을 통해 누군가에게 기쁨을 주는 것. 그것보다 가치 있는 일이 있을까? 자, 지금이라도 늦지 않았다. 각자가 진정으로 원하는 '인생이라는 기타'를 꺼내어 굳은살 대장정을 시작하자.
"우리 모두 기타리스트가 되자. 그리고 가슴속에 불가능한 꿈을 가지자."

깨진 유리창

　　　　　　　　　　　　　　　　얼마나 무서웠을까……. 얼마나
서러웠을까……. 이 사회의 고질적 병폐인 안전 불감증이 채 피어나
지도 못한 죄 없는 대학 새내기들을 밤사이 앗아가버렸다. "내 새끼,
잘 갔다 와" 하면서 웃는 낯으로 보낸 제 자식을 싸늘한 주검으로 맞
이한 부모 심정을 그 누가 이해할 수 있으랴. 이 사회 구성원의 한 사
람으로서 미안하고 죄스럽고 송구스러워 밤잠을 설쳤다.

　큰 사고는 우연히 발생하는 것이 아니라 그전에 그런 기미나 가
벼운 사고가 반드시 반복 발생한다. 하인리히 법칙은 사고 재해를 설
명하는 이론이면서 우리네 인생에도 적용된다. 사소한 것들을 챙기
지 않으면 큰 화를 당하게 된다. 소 잃고 외양간 고치기 식으로 수없
이 반복되는 이러한 재앙은 우리 모두의 책임이다. 그러거나 말거나
내 일 아니니 나 알 바 아니라는 식의 수많은 방관자적 태도, 21세기

모든 큰일의 시작은 사소한 것에서 시작된다.
깨진 유리창, 즉 사소한 실수나 습관을 고치지 않으면
치명적인 결과를 초래할 수 있다.
가장 치명적인 깨진 유리창은 사람이다.

형 제노비스 신드롬의 재현이 나는 더 무섭다.

1969년, 한 실험이 있었다. 상태가 비슷한 자동차 두 대를 골라 모두 보닛을 열어둔 다음, 그중 한 대는 유리창을 살짝 깬 뒤 골목에 세워뒀다. 일주일 뒤 살펴보니 뜻밖의 결과가 나타났다. 보닛만 열어둔 차는 별다른 변화가 없었지만 유리창이 깨진 차는 엉망진창이었다. 배터리와 바퀴 등 부품들이 통째로 뜯겨나갔고, 사방에 낙서를 하고 돌을 던져 거의 고철 상태가 되어 있었다. 두 자동차의 차이는 아주 조금 깨진 유리창뿐이었지만 그 결과는 엄청나게 달랐다. 이 실험 결과를 바탕으로 범죄 심리학자들은 1982년 '깨진 유리창 이론'을 발표했다. 건물주가 한 장의 깨진 유리창을 내버려두면 지나가는 사람들이 돌을 던져 나머지 유리창까지 다 깨뜨리고, 결국 건물 전체가 망가지고 만다는 것이다. 이 이론은 생각의 깊이를 확장시켜나갈수록 더 파급 효과가 크다.

1980년대 뉴욕은 지하철 범죄가 골칫거리였다. 밤이면 뉴욕 지하철을 탄다는 것 자체가 공포였다. 경찰국장은 '깨진 유리창 이론'에서 힌트를 얻어 범죄의 심리적 온상이 지하철 낙서라고 생각하고 낙서를 없애기로 마음먹었다. 낙서를 지우기 시작하면서 서서히 줄어들던 범죄율이 1994년에는 절반 가까이 줄어들었고, 중범죄는 75%가 줄어드는 기적이 일어났다.

사람의 인생도 마찬가지다. 나쁜 습관을 계속 내버려두면 그 습관을 중심으로 계속 나쁜 버릇들이 쌓이게 된다. 반대로 좋은 습관을 취해 그 수를 늘려간다면 어느새 좋은 습관이 쌓이게 된다. '수적천석(水滴穿石)', 한 방울의 물은 보잘것없는 힘을 가지고 있지만 그것이 한 지점을 향해 끊임없이 떨어질 때 바위도 뚫게 되는 것이다. 모든 큰일의 시작은 사소한 것에서 시작된다. 눈에 잘 보이지 않는 사소한 허점이 곧 비즈니스의 무덤이 될 수 있다. 깨진 유리창, 즉 사소한 실수나 습관을 고치지 않으면 치명적인 결과를 초래할 수 있다. 하다못해 맞춤법 오타 하나가 부정적인 첫인상을 굳히는 콘크리트 효과를 발휘하기도 한다. 초두 효과, 즉 첫인상은 현대 사회에서 강력한 무기로 작용하기 때문이다.

가장 치명적인 깨진 유리창은 사람이다.

《논어》에 '과이불개(過而不改) 시위과의(是謂過矣)'라는 말이 있다. '잘못을 알고도 고치지 않는 것, 그것이 잘못'이라는 뜻이다. 비슷한 맥락의 영어 표현도 돌아다니더라.

"Insanity is doing the same thing, over and over again, but expecting different results(정신이상이란 같은 일을 하고 또 하면서 뭔가 다른 결과를 기대하는 것이다)."

이 말은 항간에 아인슈타인, 벤저민 프랭클린, 마크 트웨인 등이 한 말이라고 돌아다니지만 명확한 근거는 없는 걸로 알고 있다. 오히려 《논어》에 나오는 말을 좀 더 과장되게 표현해놓은 게 아닌가 싶다.

행복의 가죽 주머니

나는 진정 내가 살고 싶어 하는 인생을 사는가? 내 재능은 무엇이며 어떻게 하면 의미 있는 삶을 살 수 있을까? 우리는 이 같은 자문과 거침없는 자기 성찰을 통해서만 진정으로 자기 자신에 육박해 들어갈 수 있다.

가치관의 대변화는 삶에 무언가 충격이 가해졌을 때 발생하는 경우가 많다. 가령 사랑하는 이가 아프거나 삶의 큰 변곡점을 겪고 나면 그제야 우리는 살아온 인생을 되돌아보며 앞으로 달라지겠다고 마음먹게 된다. 사람들은 부나 명예, 권력을 추구하며 그런 조건들이 최고의 가치인 양 여기고 살지만 막상 죽음이 닥치면 그런 조건들이 얼마나 허망한지를 깨닫는다. 즉, 죽음은 현존재가 진정으로 자기를 발견하는 것을 가능하게 해주는 통로이다.

절체절명의 순간을 경험한 사람들은 얘기한다.

"이제 새로운 인생을 살아보고 싶어요. 가족, 친구들과 많은 시간을 보낼 겁니다. 내가 정말로 좋아하는 일을 하면서, 미래에 대한 걱정과 돈벌 궁리에서 벗어나고 싶습니다."

도스토옙스키는 1849년 12월 어느 날, 농민 반란을 선동했다는 혐의로 총살형을 선고받는다. 광장에 선 그의 얼굴에 두건이 씌워졌고, 그 순간 도스토옙스키는 자신에게 맹세를 한다.

"만약 여기서 살아나간다면 스쳐가는 모든 것을 소중하게 여기리라. 인생의 단 1초도 허비하지 않으리라."

그는 체념하듯 두 눈을 질끈 감았다. 그때 다급히 황제의 전갈을 가지고 달려온 마차가 있었다. 황제는 사형 대신 유배를 보내라는 소식을 전해왔다. 가까스로 살아남은 그는 동생에게 이런 편지를 쓴다.

"인생은 신의 선물. 모든 순간은 영원의 행복일 수도 있었던 것을! 아아, 좀 더 일찍, 좀 더 젊었을 때 알았더라면! 이제 내 인생은 바뀔 것이다."

플라톤은 인간의 본성을 논하며 자신이 목격한 것을 다음과 같이 적었다.

"만족할 줄 모르는 욕망 때문에 사람들은 수치를 잊고 온갖 기술과 책략에 굴복해서 따른다."

나는 저 문장에서 '만족할 줄 모르는'에 밑줄을 짜-악 긋고 싶다. 고대 그리스의 견유학파 철학자 디오게네스나 미국의 자연주의자 헨리 데이비드 소로 같은 사상가들은 집착적인 축재 행위를 비난하고 자연과 조화를 이루는 단순하고 자족적인 삶을 제안했다.

얼마 전 읽은 아델베르트 폰 샤미소의 《페터 슐레밀의 기이한 이야기》에는 그림자를 팔아 '행복의 가죽 주머니'를 얻은 남자가 등장한다. 슐레밀은 악마로부터 금화를 끝도 없이 꺼낼 수 있는 주머니를 받는 대신 자기 그림자를 팔아버린다. 하지만 돈이 넘쳐나게 많아도 그림자가 없다는 것이 알려지면서 사람들에게 외면당하게 되고, 결혼마저 성사 직전에 파국을 맞는다. 다시 나타난 악마는 그림자를 돌려줄 테니 대신 죽은 뒤에 영혼을 내놓으라고 한다. 자기보다 먼저 영혼을 팔았던 부호의 비참한 지경을 알게 된 슐레밀은 '행복의 가죽 주머니'를 버리고 악마와 인연을 끊는다.

물욕은 대부분의 욕망과 달리 영영 만족되지 않는 경향이 있다. 물질적 충족에 의한 행복은 짧고 허망할 뿐이다. 지금 내가 가진 것보다 더 좋은 물건은 항상 있기 마련이며, 우리의 욕심은 끝이 없다. 나를 행복하게 했던 물건은 그보다 더 좋은 것을 발견하는 순간, 불행의 씨앗이 되고 만다.

돈이 얼마나 많아야 충분하다고 할 수 있을까? 돈으로 행복해질 수 있는 게이지, 그 절대치를 과연 계량할 수 있을까? 사람들은 하나같이 더 많이 갖기를 원한다. 하지만 그보다 흥미로운 것은 돈이 이미 많은 사람들도 예외 없이 재산이 더 불었으면 한다는 것이다. 언젠가 존 록펠러는 인터뷰 도중 사람이 행복해지려면 얼마나 많은 돈이 필요하냐는 질문을 받았다. 그는 대답했다.

"가진 것보다는 좀 더 많아야 합니다."

카르페 디엠

현재를 붙잡지 못하는 인생은 영원히 불안하다. 어떤 사람들은 삶의 질과 인생의 가치를 높이기 위해 끊임없이 노력한다. 어떤 사람들은 부귀영화를 꿈꾸느라 고통과 번뇌 속에서 빨리 인생을 소모해버린다. 또 어떤 사람들은 정신적으로, 육체적으로 전혀 아무런 도움도 되지 않는 것을 하느라 현재라는 귀한 시간을 허비하고 만다.

어제는 이미 과거가 되었고 내일은 아직 미래일 뿐이다. 중요한 것은 바로 오늘이다. 어제는 단지 기억 속에 존재할 뿐이며 내일은 단지 환상 속에 존재할 뿐이다. 지나간 일을 후회하고 미래를 걱정하느라 오늘을 제대로 살지 못하면 평생 과거와 환상에 갇혀 살 수밖에 없다. 후회와 걱정은 소중한 인생을 낭비하게 하는 안 좋은 감정이다. 후회하고 걱정한다고 해서 과거나 미래가 바뀌지는 않는다.

행복이란 대체 무엇인가?
행복이란 지금 내가 가진 모든 것을
소중히 여기는 것이다.

칸트의 충고를 기억하자. 행복한 삶을 원한다면 스스로 세운 준칙에 따라 행동하되, 그것이 보편적 법칙이 될 수 있도록 하라. 어떤 경우에도 자기 자신을 포함하여 모든 사람을 수단이 아닌 목적으로 대하라. 이름을 남기기 위해 사는 것은 자기 자신을 수단으로 만드는 것이다. 그것은 훌륭하고 행복한 삶이라고 할 수 없다.

옛날에 어느 왕이 지난날의 과오를 후회하고 다가올 미래를 걱정하느라 늘 우울했다. 왕은 대신들에게 나라를 샅샅이 뒤져 가장 행복한 사람을 데려오라고 명령했다. 가난한 농촌에 들어선 한 대신은 누군가의 행복한 노랫소리를 들었다. 소리를 따라가보니 그 주인공은 밭에서 나오는 농부였다. 대신이 농부에게 물었다.

"당신은 행복하오?"

농부가 대답했다.

"그럼요. 저는 행복하지 않은 날이 하루도 없습니다."

대신은 왕의 명령을 농부에게 전했다. 대신의 말을 들은 농부는 밝게 웃으며 말했다.

"나는 예전에 신발이 없어서 매우 상심한 적이 있었습니다. 그런데 어느 날 거리에서 발이 없는 사람과 마주쳤답니다."

행복이란 대체 무엇인가? 행복이란 지금 내가 가진 모든 것을 소중히 여기는 것이다. 행복은 아수 간난하다. 소비가 사람의 지위를 나누고, 학벌이 성공을 보장하는 사회는 개인들을 끊임없는 경쟁 속으로 밀어 넣고, 끊임없이 비교하고 비교를 당하도록 만들고 있다. 거기서 비롯되는 피로감, 경쟁과 비교의 사슬을 끊어야만 초연하고 자유로운 삶을 꿈꾸게 되는 것이다. 부러움, 시기심, 질투, 이 모든 것이 비교에서 시작된다. 비교는 불행의 씨앗이다.

어떤 부유층의 생활은 지나칠 정도로 호사스러워서 보고 있으면 인간이 물질적 풍요로움에서 누리는 만족감의 한계가 어디까지일까 하는 의문이 생긴다. 물질의 풍족함에 대한 욕구는 끝이 없다는 것이 인간이 지닌 보편적 문제다. 나보다 많이 가진 사람들과 자신을 비교하면서 불행하다고 한탄하면 계속 부정적인 생각의 노예로 살아갈 수밖에 없다. 그리고 더 많은 돈을 모으려다 보면 내가 가진 다른 소중한 것들을 즐기지도 못하고 다 잃어버리게 된다.

소득이 높아지면 물론 행복감은 증가하지만, 일정 수준을 넘는 순간 소득이 더 증가하더라도 대다수 사람들은 더 큰 행복을 느끼지 않는다. 이것을 '이스털린의 역설'이라고 부른다. 출세의 꿈을 이룬 사람도 평균 3개월이 지나면 예전과 똑같은 크기만큼 행복하거나 불행하다고 한다. 언제나 가장 최신형의 고급 자동차를 소유해야만 직성이 풀리는 사람도 마찬가지다. 이른바 '쾌락의 쳇바퀴'다.

인간에게 가장 슬픈 일은 자신이 삶과 죽음의 갈림길에 놓여 있다는 것이 아니라 자기가 가지고 있는 것이 얼마나 소중한지 모른다는 사실이다.

선택

우리의 삶은 선택으로 시작해 선택으로 끝난다. 무엇인가를 선택하는 과정은 선택한 것을 제외한 나머지를 포기한다는 말이기도 하다. 기회비용, 등가교환의 법칙은 경제학에서뿐만 아니라 모든 삶을 관통한다.

자, 여기 멋진 신세계가 있다. 이곳에서 아이들은 체격과 지능, 성격은 물론이고 직업과 취미, 적성도 미리 정해진 채로 태어난다. 철저한 인공 조작을 거쳐 대량 생산된 아이들은 이미 날 때부터 할 일이 정해져 있고, 성인이 된 뒤 그 일을 하기만 하면 물질은 필요에 따라 충분히 공급받는다. 고민이나 불안이 생기면 행복한 감정을 유지시키는 '소마'라는 알약을 먹으면 된다. 올더스 헉슬리가 쓴《멋진 신세계》의 모습이다. 그러나 소설 속에서 존이라는 남자는 신세계의 지도자인 총통 무스타파에게 이렇게 말한다.

"저는 불행해질 권리를 요구합니다."

"그렇다면 나이를 먹어 추해지는 권리, 내일 무슨 일이 일어날지 몰라서 끊임없이 불안에 떨 권리, 온갖 고민에 시달릴 권리도 원한다는 말인가?"

존은 대답한다.

"네, 저는 그 모든 권리를 요구합니다."

왜 존은 굳이 불행해질 권리를 요구한 것일까. 모든 것이 타인에 의해 이미 결정되어 있고 그것을 따르기만 하면 되는 삶 속에는 인간을 규정짓는 가장 중요한 것이 빠져 있다. 그것은 설사 불행해지는 한이 있어도 나의 삶을 스스로 선택하고 실행할 '자유의지'이다. 존은 결국 결정지어진 미래가 아닌, 자신이 마음껏 선택하고 그것에 따라 스스로 개척해나갈 수 있는 미래를 바랐던 것이다. 그래서 그것을 가질 수만 있다면 불행해질 권리마저 껴안겠다고 한 것이다. 자신의 미래를 선택할 수 있는 자유. 그것은 그만큼이나 인간에게 소중한 것이다.

영화 〈악마는 프라다를 입는다〉에도 이러한 선택에 대한 이야기가 함축되어 있다. 명문 대학 출신 앤드리아는 저널리스트가 되겠다는 꿈을 안고 뉴욕으로 간다. 여러 언론사에 이력서를 넣지만 답이 온 곳은 패션지의 편집장인 미란다의 비서직뿐이었다. 1년만 버틸 생각으로 그곳에 취직한 앤드리아를 맞이한 것은 냉혹한 현실이었다. 앤드리아는 살아남겠다는 일념으로 명령을 따른다. 어쩔 수 없다며 일에만 열중하던 앤드리아는 점차 자신이 속해 있던 세계와 멀어져가고 결국 애인과도 결별하고 만다. 앤드리아는 그제야 싫지만 어

왜 존은 굳이 불행해질 권리를 요구한 것일까.

그것은 설사 불행해지는 한이 있어도

자신의 삶을 스스로 선택하고 실행하겠다는 '자유의지!'

쩔 수 없다고 했던 무수한 일이 바로 자신의 선택이었다는 것을 깨닫는다. 모든 것이 자신의 선택이었고 잘못된 그 선택으로 진정 중요한 것들을 잃어버렸다는 사실에 앤드리아는 과감히 사표를 던진다.

그렇다면 정말 당신은 어쩔 수 없이 그 일을 하고 있는가? 어쩔 수 없이 하는 일이란 있을 수 없다. 정말 하기 싫으면 하지 않으면 그만이다. 그러나 그 일을 하고 있는 것은, 또한 그 사람들과 시간을 보내면서 그 직장을 그만두지 않는 것은 모두 자신의 선택이다. 그러니 일단 선택했으면 그에 최선을 다하고, 잘못된 선택이라고 생각된다면 과감히 엎을 수 있는 용기를 가져야 한다. 시대를 탓하고, 상황을 탓하고, 애매한 사람에게 그 선택의 책임을 전가할 일이 아니다.

사람들은 매일 150번의 선택 상황에 놓이고, 그중 서른 번 정도는 신중한 선택을 하기 위해 고민하며 다섯 번 정도는 올바른 선택을 한 것에 대해 미소를 짓는다고 한다. 삶의 매순간이 '선택의 연속'이며, 올바른 선택을 하는 게 얼마나 어려운 일인지를 보여주는 결과이다.

사람들 눈에는 자신이 선택한 한 가지보다 포기한 수많은 것이 아른거린다. 더 행복했을지도 모를 다른 가능성에 대한 미련 때문에 사람들은 자신의 선택에 대해 만족하지 못하고 우울해한다. 가지 않은 길을 쳐다보느라 가야 할 길을 못 가는 형국이 되는 것이다. 모든 선택에는 책임이 뒤따른다. 스스로 선택했기 때문에 그 결과에 대한 책임도 자신이 져야 하는 것이다.

기적

학생들을 가르치다 보면 참으로 다양한 부류를 만나게 된다. 일주일이 지나도록 가사 여덟 마디도 안 써오는 애들이 있는가 하면, 비싼 등록금을 내면서도 수업에는 아예 오지 않는 애들도 있다. 또한 냉소로 가득 차서 자기 자신을 돌아보지 못하고 자만에 젖어 있는 애들이 있는가 하면, 발군의 실력을 소유하고 있으면서도 지극히 겸손하며 초롱초롱한 눈빛으로 수업을 듣는 애들도 있다. 가장 답답한 애들은 학교에 잘 나오지도 않고 노력도 하지 않으면서 갖은 핑계만 대고, 실력도 없으면서 자만에 젖어 뭔가 빨리 결과를 이뤄내고 싶어 안달하는 케이스다.

하지만 세상 어떠한 일도 갑자기 이루어지지는 않는다. 한 알의 과일, 한 송이의 꽃도 그렇게 되지 않는데 하물며 인생에서야 두말할 필요도 없다. 어떤 작은 성공조차도 쉽게 되는 법은 없다. 성공이라는 열매를 맺기 위해서는 부단히 노력해야 할 뿐만 아니라 시간을 두고 참고 기다리며 인내할 줄도 알아야 한다.

카드를 무작위로 섞어 네 명에게 나누어준 다음, 그들에게 각각 클로버, 다이아몬드, 하트, 스페이드가 1부터 K까지 세트로 들어갈 확률을 계산해보면 수천 조 분의 1이 나온다. 우리는 그런 것을 기적이라고도 부른다. 그렇다면 카드를 섞어 아무런 특별함 없이 나눠지는 카드 조합이 나올 확률은 얼마일까? 놀랍게도 그 확률 역시 4개의 세트가 네 사람에게 돌아갈 확률과 똑같다. 다만 하나는 특별한 사건으로 인지되고 다른 하나는 그냥 그런 사건으로 치부될 뿐이다. 우리는 매순간을 이렇게 기적적인 확률로 살고 있고 또한 그 특별함을 인지하지 못하고 살기도 한다. 우리의 존재 자체가 이미 기적이다. 이 기적 같은 삶을 목표도 없이, 노력도 없이 그저 떠밀려 살아가서야 되겠는가. 지금 이 순간, 이 인생은 두 번 다시 오지 않는다.

우리의 존재 자체가 이미 기적이다. 우리는 이 기적 같은 삶을 그저 떠밀려 살아갈 것이 아니라 성공을 향해 부지런히 노력하고 나아가야 한다. 하지만 성공, 그것은 대체 무엇인가? 성공의 뜻을 사전에서 찾아보면 '하고 싶은 바를 이룸'이라고 되어 있다. 하고 싶은 일을 하고 또한 잘하기 위해 더욱 노력할 뿐만 아니라 여전히 그 일이 재미있다면 그게 바로 성공이다.

우리의 존재 자체가 이미 기적이다.
이 기적 같은 삶을 목표도 없이, 노력도 없이
그저 떠밀려 살아가서야 되겠는가.
지금 이 순간, 이 인생은 두 번 다시 오지 않는다.

유레카

어떤 사람은 모든 기회 속에서 어려움을 찾아내고, 또 어떤 사람은 모든 어려움 속에서도 기회를 찾아낸다. 우리는 전자를 비관론자라 하고 후자를 낙관론자라고 부른다. 인생의 기회는 마치 바람 같아서 누군가는 옆에 와 있는 것도 모르고, 또 누군가는 잘 잡아 가두기도 한다. 그러니 바람을 맞이할 준비, 그 바람을 타고 높이 올라갈 준비를 항상 해둬야 한다.

아르키메데스는 욕조에 들어갔을 때 수위가 높아지는 것을 보고 부피 측정법을 깨달으며 미친 사람처럼 유레카를 외쳤다. 아이작 뉴턴은 떨어진 사과를 보고 중력의 법칙을 추론했다. 조지 드 메스트랄은 숲속에서 산책을 하던 중 개의 털에 붙은 우엉 열매의 껍질을 떼어주다가 우리가 흔히 '찍찍이'라고 부르는 벨크로 아이디어를 떠올렸다. 똑같은 현상을 그보다 먼저 겪은 사람들도 당연히 많았겠지만 오직 그들만이 흔한 현상에서 놀라운 발견을 이끌어낸 이유는 무엇일까? 파스퇴르는 우연한 발견의 본질을 이렇게 설명했다.

"기회는 준비된 사람에게 찾아온다."

창의성은 무에서 유를 창조하는 것이 아니라 지속적으로 축적된 방대한 노력과 그것을 토대로 새로운 것을 고민하는 가운데 가능하다. 아르키메데스의 '유레카'도 그가 그 이전부터 부력에 대해 고민을 거듭해왔기에 목욕탕에 몸을 담그는 순간 깨달음을 얻은 것이지, 어느 날 갑자기 백지 위에 그림이 저절로 그려지듯 '득도'한 것은 아니다. 또한 그와 관계된 모든 이론을 과거에 이미 만들어온 사람들이 없었다면 결코 아르키메데스 혼자서 목욕탕을 박차고 나오는 일도 없었을 것이다.

생각에만 그쳐서는 안 된다. 실천하는 것이 더 중요하다. 예컨대 묵자 같은 실천주의자가 나는 좋다. 묵자는 한 끼에 두 가지 고기반찬을 먹지 말라고 가르쳤고, 장사를 지내면서 재물을 땅에 묻지 말라고 했다. 그리고 스스로도 말로만 그치지 않고 몸소 흙으로 만든 그릇에 거친 밥과 콩잎국을 먹었다. 앎과 행동이 일치되는 삶을 산 것이다. 입으로 말해놓고 몸으로 실천하지 않는 것은 위선이며, 그것으로는 아무것도 이룰 수 없다. 끊임없이 실천해나가는 과정이 되풀이되어 임계점에 도달할 때까지 쌓이고 쌓여 결국 '유레카'를 외치게 되는 것이다. 자, 외치자.

"유레카!"

거절의 미학

학생이 묻는다.

"교수님, 좋아하는 일을 찾은 사람에게는 결국 돈도 자연스럽게 따라온다는데 그 말이 맞는 건가요?"

결론부터 말하자. 삼류 자기계발서에나 나오는 그런 말은 아쉽게도 헛소리일 가능성이 매우 높다. 예를 들어, 음악이 너무 좋아 실용음악과에 진학한 모든 학생에게, 그저 랩이 좋아 랩만 죽어라 하고 다니는 이들 모두에게 돈이 따라온다고? 말이 안 되잖은가. 좋아하는 일을 하면서도 굶는 사람이 더 많다. 그래서 나는 이렇게 답한다.

"좋아하는 일을 찾는 것도 중요하지만 오히려 그것보다는 찾고 난 이후가 더 중요하다."

좋아하는 일을 그냥 하는 게 아니라 잘 그리고 아주 '끈질기게' 해내야만 한다.

자신이 좋아하는 일이 무엇인지 자연스럽게 찾는 경우도 있지만, 사실 찾는 것보다 만드는 것이다. 좋아함의 판단 기준은 결국 그것에 얼마나 끈질기게 몰입해보았는가이다. 어떤 것이든 오랜 시간을 몰입할수록 그 대상에 대한 이해가 깊어진다. 알면 알수록, 몰입하면 할수록 본질을 꿰뚫어보는 통찰력과 안목이 생긴다. 그러나 많은 학생들은 아직도 경험으로 부딪히기를 두려워하며 시간이 지나도 자신이 대체 뭘 하고 싶은지 모른다. 그들의 심리는 결국 해보고 싶은 것은 많지만 고생은 하고 싶지 않고, 안정적인 직장에 들어가면 좋겠는데 그도 쉽지 않을뿐더러 또한 재미도 없을 것 같다고 생각하는 듯하다.

이런저런 변명은 집어치우고 실패와 거절을 지속적으로 경험하면서 스스로를 단련하고 이겨내, 자신이 가야 할 길을 찾아 부지런히 발걸음을 옮겨야 한다. 거절, 그것은 우리를 평생 따라다닐 것이다. 그러므로 거절에, 거절당하는 것에 익숙해져야 한다. 거절당하면 또 하면 된다. 또 거절당하면 또 하면 된다. 이것이 거절의 미학이다.

자신이 좋아하는 일을 하는 모두에게 돈도 자연적으로 따라올 거라는 이야기를 함부로 해서는 안 된다. 잘못하면 한 사람의 인생을 망쳐버릴 수도 있다. 돈이 따라오려면 자신이 좋아하는 일이 시장이 원하는 일과 맞아떨어져야 하고, 거기다 일을 해내는 재능까지 발휘되어야 하며, 무엇보다도 끈질기게 버틸 수 있는 자세가 필요하다.

'좋아하는 일을 하면 무조건 돈은 따라온다'라는 성공 신화는 모두에게 적용되는 것은 아니다. 좋아하는 일을 잘 그리고 끈질기게 해야 한다. 그래야 돈도 따른다. 우리 주변에는 극심한 생활고를 겪는 예술인이 대다수 공존하고 있다는 사실을 냉정하게 직시해야 한다.

메타인지

모든 생각은 언어의 조합을 통해 이루어진다. 즉, 내 생각의 범위는 내가 구사하는 언어의 범위이고 생각은 그 언어의 조합을 넘지 못한다. 따라서 생각의 폭을 넓히기 위해서는 풍부한 언어 구사력을 익히고, 그것을 조합하는 방법을 익혀야 한다. 정해준 업무만 수동적으로 하고, 다른 사람이 던져준 정보만 얻어서는 성장을 기대할 수가 없다.

언어의 파괴력은 무시무시하다. 언어는 사람의 생각을 통제한다. 'A는 B나'라는 말을 'A는 B가 될 수도 있다'로 바꾸는 것만으로도 우리들의 뇌 속에서는 큰 변화가 일어난다. 언어가 사고를 형성한다는 이 원리를 알아야 우리는 마주치는 모든 것에 대해 다른 단어와 범주를 상상해낼 수 있고, 나아가 우리가 사용하는 언어와 범주를 변화시키면 결국 세상과 우리 자신까지도 바꿀 수 있다.

Words Have Power

언어의 파괴력은 무시무시하다.
언어는 사람의 생각을 통제한다.
우리가 사용하는 언어와 범주를 변화시키면
결국 세상과 우리 자신까지도 바꿀 수 있다.

생산적이고 창의적인 사람들은 생각하는 동안 자신의 사고에 대해 생각한다. 이 과정을 '메타 인지'라고 하는데, 메타 인지란 자신이 무엇을 알고 무엇을 모르는지 정확히 파악하는 능력이다. 이 과정을 통해 자기 자신과 대화를 나누면서 자신의 지식에 대해 한 번 더 돌아보고, 자신의 생각에 의문을 품고 틀린 것을 바로잡으려 애쓴다. 소크라테스의 '무지의 지', 산파술도 바로 메타 인지에 대한 것이다. 공자와 소크라테스는 '안다'는 것에 대해 매우 진지하게 접근했다. 공자는 "안다는 것은, 모르는 것을 모른다고 하는 것이다"라고 했으며 소크라테스도 "진정한 앎은 무지를 아는 데 있다. 그리고 무지를 아는 자는 가장 현명한 자다"라고 말했다.

메타 인지력이 있는 사람들은 자신만의 뚜렷한 가치관이 있으며, 공부와 인생의 목적과 의미를 잘 알고 있다. 바로 그 목적과 의미로 동기 부여를 일으켜 훌륭한 성과를 내기도 한다. 그들은 자기 안에서 동기를 찾고 그 내재적 동기는 그들을 움직이는 힘이 된다. 메타 인지력을 갖춘 사람들은 또한 유연한 사고방식을 길러, 즉 자신만의 강점과 약점, 성장 능력을 파악한다. 성장에 대한 유연한 개념을 갖고 있어 그들은 실수를 저지른 뒤에도 도전을 멈추지 않는다. 실패에 좌절하기보다는 오히려 그것을 생산적으로 이용한다.

인간이 최고 수준의 성장에 다다를 수 있는 것은 이러한 메타 인지, 비판적인 사고 덕분이다. 메타 인지력을 갖춘 이들은 괴롭고 우울한 일과 맞닥뜨렸을 때조차 스스로를 위로하고 평정을 찾을 줄 안다.

그렇기에 자신의 약점에도 당당히 맞서 성장할 여지를 찾을 수 있다. 그들은 균형 잡힌 인생을 살면서 하나의 편협한 분야보다는 여러 영역에서 배움을 얻는다.

내 인생의 주연배우

영화에는 반드시 주연이나 조연 등의 배우들이 등장한다. 우리의 인생 역시 하나의 영화다. 모든 삶에는 영화 같은 극적인 요소들이 있다. 수많은 장면들이 모여 영화가 되듯, 우리의 인생 역시 하나하나의 극적인 장면들이 모여 완성된다. 탄생의 순간부터 죽음에 이르기까지 장면장면이 모두 모여 한 사람의 인생이라는 영화가 만들어진다. 우리 각자는 자기 인생의 주연배우인 셈이다.

슬픈 사실은 자신이 인생의 수연배우라는 것을 잊고 사는 사람들이 많다는 것이다. 내가 주인공이고 주연인데, 자꾸 남의 인생에 조연 또는 엑스트라로 출연하려고 든다. 자기의 인생에서 한 번도 주도적인 위치를 차지한 적이 없고 타인의 기준이 아닌, 자신의 기준으로 세상을 바라보지 않아 중심이 없기 때문이다. 뿌리 깊은 나무는 세찬

바람에도 흔들리지 않는다. 비록 태풍에 잔가지가 부러지고, 눈이 쌓여 가지가 휘어질지언정 나무 그 자체는 부러지지 않는다.

이 영화는 내가 주인공이다. 내가 없으면 영화도 끝난다. 결코 타인의 삶이라는 영화의 조연이 되어서는 안 된다. 많은 이들이 남들의 말 한마디에 흔들리고 눈치를 보면서 남들이 원하는 길을 내가 원하는 길처럼 걸어간다. 물론 그 '남'이라는 범주에는 부모, 형제, 친척, 친구, 선생님 등도 포함된다. '먼저 선(先)'과 '날 생(生)', 즉 선생님의 본질은 사실 가르치는 게 아니라 먼저 삶으로 행동한 사람이다. 하여 타산지석과 반면교사를 통해 참고는 하되, 남들이 살아온 그대로 따라서 살아갈 것이 아니라 내 인생은 내가 직접 만들어가야 한다.

중심은 나로부터 시작되는 것이다. 타인의 말이나 스토리는 결국 그들이 찾은 그들의 것이다. 그들의 삶을 똑같이 따라 한다고 행복한 삶이 되는 것은 아니다. 이 세상은 나를 통해 돌아가는 것이다. 내가 없으면 삶이라는 영화는 끝나게 된다.

모든 결과는 운명이 결정하지만 삶의 과정은 우리가 스스로 만들어간다. 운명에 맞서 모험을 떠나고 살아 있는 동안 매순간을 살아 있음의 감탄으로 채우려고 애쓸 때, 운명이 어떤 판결을 내리든 우리는 삶을 후회하지 않게 된다. 참으로 삶다운 삶을 매순간 즐겼기 때문이다. 우리는 이때 자신의 삶이 유일한 이야기로 전환된다는 것을 알게 된다. 비로소 한 사람의 삶이 영화가 되고 신화가 되고 전설이 되는 것이다.

실존적 자유 · 1

노벨 문학상 수상자 솔 벨로는 어린 시절 야생 동물들을 채집하여 집에서 키우는 것이 낙이었다. 그의 집은 숲 근처라 매일 갈색지빠귀 떼가 날아와서 쉬다 가곤 했는데, 지빠귀의 지저귐이 어찌나 고운지 그는 아예 지빠귀 한 마리를 잡아다가 집에서 키우면 좋겠다고 생각했다. 결국 그는 숲에 가서 지빠귀를 잡아왔고, 아름다운 새소리를 듣게 된 솔 벨로는 기뻐서 가슴이 벅차올랐다.

그는 새장을 십 뒤뜰에 놓아두었는데, 이튿날 갈색시빠귀의 어미 새가 입에 먹이를 물고 새장으로 날아왔다. 어미 새는 아기 지빠귀에게 물고 온 먹이를 정성껏 먹여주었다. 그 모습을 지켜보던 솔은 어미 새가 와서 직접 돌봐주는 것이 아기 새에게도 잘된 일이라고 생각했다. 그런데 다음 날 아침, 아기 새가 새장 바닥에 기척도 없이 숨죽여 누워 있었다. 뜻밖에도 아기 새는 이미 죽은 후였다. 솔은 눈앞에 벌어진 상황이 믿기지 않았다.

마침 유명한 조류학자 아서 윌리가 솔의 아버지를 만나러 왔고, 솔은 그에게 갈색지빠귀의 갑작스러운 죽음에 대해 이야기했다. 아서 윌리는 솔의 이야기를 듣더니 당연하다는 듯 말했다.

"갈색지빠귀 어미는 자신의 새끼가 새장에 갇힌 걸 알고 일부러 독초를 먹였단다. 평생 새장 속에 갇혀서 살아가느니 차라리 죽는 게 낫다고 믿었기 때문이지."

그 후로 솔은 다시는 어떤 생물도 잡지 않았다.

아무리 하찮아 보이는 미물일지라도 자유로운 삶에 대한 갈망은 매한가지다. 삶에서 자유만큼 소중한 것은 없다. 일단 삶의 자유를 잃어버리면 늘 어디엔가 예속되어 있는 노예나 다름없다. 자유를 원한다면 모험도 감수할 줄 알아야 하고, 자유를 지키기 위해서라면 일정한 대가를 치를 수 있어야 한다. 세상 모든 것에는 등가교환의 법칙이 적용되니까.

갈색지빠귀 어미는 일부러 독초를 먹였단다.
평생 새장 속에 갇혀서 살아가느니
차라리 죽는 게 낫다고 믿었기 때문이지.

에피쿠로스의 사치

돌이켜보면 나의 청년 시절은 불안의 연속이었다. 기적이 일어나 다시 한번 과거로 돌아갈 수 있다고 해도 나는 "감사하지만 지금 이대로가 좋아요" 하고 거절할 것이다. 그런 시절은 한 번으로 족하다. 우리는 항상 뭔가를 선택해야 하는 상황에 놓이게 된다. 인생은 선택의 연속이니까. 당장 '오늘 점심은 무엇을 먹을까'의 명제로 시작해서 직장, 배우자까지도 모두가 선택의 문제다. 그리고 그 선택에는 책임이 따른다.

선택의 문제를 벗어난 것을 찾으려면 우리는 탄생의 순간으로 거슬러 올라가야만 한다. 우리는 우리의 선택으로 태어나지 않았고 우리 부모 역시 우리를 선택해서 태어나게 한 것이 아니다. 그러니 어쩌면 우리의 삶은 태생적으로 불안할 수밖에 없지 않을까? 때론 갈팡질팡하는 삶에 내비게이션이라도 달렸으면 싶기도 할 것이다.

"100미터 앞 급커브 구간입니다. 안전 운행하세요."

내비게이션 시스템처럼, 내가 가야 할 길이 좌회전인지 우회전인지 누군가 대신 정해서 딱딱 가르쳐준다면 얼마나 좋을까? 하지만 그런 류의 시스템은 인생이라는 카테고리에서는 결코 존재하지 않는다. 이렇듯 태생적으로 발생하는 불안함을 해소하기 위해 우리는 '지혜'를 얻어야 한다. 단편적 '지식'들만 쌓아나갈 것이 아니라 기나긴 배움의 과정에서 지혜라고 하는, 눈에 보이지 않지만 살아가는 데 있어 매우 중요한 것들을 습득하고 실천해나가야 한다.

'상실'과 '실패'는 우리 인생에서 피할 수 없는 숙명이다. 우리는 언젠간 반드시 누군가를, 무언가를 상실하는 경험을 할 것이다. 이것은 99.9%의 확률도 아니다. 100% 확실한 예언이다. 하여 인생이란 사막을 건너는 것과 같다. 끝은 보이지 않고 길을 잃기도 하며 신기루를 쫓기도 한다. 우리 인생도 많은 부분이 그와 닮았다. 사막에서는 지도가 필요 없다. 모래언덕에는 이름이 없다. 이름을 붙인다 해도 그 모래언덕은 금세 사라지거나 다른 곳으로 이동해 있다. 우리는 살아가면서 분명한 지도와 이정표가 보이지 않는 길은 웬만해서는 건너지 않으려 한다. 눈에 보이는 결과, 탄탄하고 안전하기만 한 길…… 하지만 인생에서 안전하기만 한 길이라는 게 과연 존재하기는 하던가? 새로 시작하는 연인과 얼마나 갈지 알 수 있을까? 일의 미래를 지도처럼 그릴 수 있을까? 아니다. 불확실성에 몸을 맡기고 일단 시작하는 수밖에 없다. 지도가 없다면 마음속의 나침반을 따라가야 한다.

사막에 숨어 있는 오아시스처럼 인생에서 가장 달콤한 오아시스

그 도약 직전까지의 지루한 시간을 견뎌내지 않으면
비약적인 발전도 없다.
세상의 많은 비극은 바로 그 퀀텀 점프를 이루기 직전,
너무 지쳐서 포기하는 바람에 싹튼다.

는 기대하지 않은 순간에 갑자기 발견된다. 이는 얼핏 닐스 보어가 이야기한 퀀텀 점프(Quantum Jump)와도 닮았다. 원자핵에 에너지를 가하게 되면 원자핵 주위의 궤도를 돌고 있던 전자들이 들뜨게 되고, 결국 전자가 그 위의 다른 궤도로 올라가게 되는데, 신기한 것은 이때 전자들이 공간을 연속적으로 이동해가는 것이 아니라 한 궤도에서 그 모습이 사라지자마자 다른 궤도에 별안간 나타난다. 인생에서 중요한 것 대부분은 지루한 시간을 버텨낸 뒤에야 비로소 퀀텀 점프한다. 그 도약 직전까지의 지루한 시간을 견뎌내지 않으면 비약적인 발전도 없다.

세상의 많은 비극은 바로 그 퀀텀 점프를 이루기 직전, 너무 지쳐서 포기하는 바람에 싹튼다. 정상을 목표로 삼는다는 것은 물론 좋은 일이다. 하지만 목표에만 지나치게 집착한 나머지, 과정을 몽땅 희생해버리는 것은 바람직하지 않다. 하루에 수십 통의 이메일을 확인하고, 수십 통의 전화를 받고, 퇴근 후에도 처리해야 할 일들을 산처럼 짊어지고 집으로 돌아와 일을 하는 사이, 우리의 인생은 순식간에 지나가버린다. 정상의 열병에서 시름하는 동안 소중한 것은 전부 흘러가버린다. 오아시스를 만나면 멈춰서야 하는 이유가 여기에 있다. 인생에 대해 되돌아보고 앞으로 나아갈 방향을 살펴보며 인생의 큰 그림을 보아야 한다.

아침에 눈을 뜰 때마다 우리 앞에는 새로운 세상이 펼쳐진다. 수많은 선택의 갈림길과 기회의 순간들이 우리 앞에 놓여 있다. 그것을 외면하고 매일매일 되풀이되는 악몽처럼 지겹도록 똑같은 하루를 설계하는 것은 바로 우리 자신이다. 나태함으로 질식할 것 같은 일상을 만드는 것도 바로 우리다. 삶도, 죽음도, 그 밖에 무엇이든 선택할 수 있는 힘을 가진 우리는 매일 죽고 매일 다시 태어나 새로운 삶을 시작해야 한다. 글을 쓰는 일, 함께 식사를 하는 일, 심지어 손톱을 깎는 일마저 아름답다고 느끼고 늘 감사하며 온 마음을 다해 살아가는 것이야말로 인생을 제대로 살아가는 길이다.

우리에게 가장 중요한 때는 현재이고 가장 중요한 일은 지금 하고 있는 일이며, 가장 중요한 사람은 지금 만나고 있는 사람이다. 우리는 '오늘' 담배를 끊기보다 '내일' 끊기를 더 선호한다. '오늘' 부모님께 안부 전화를 드리기보다 '내일' 드릴 것을 다짐한다. 그렇게 '내일' 인생을 바꿀 다짐과 세밀한 계획들을 세운다. 마치 천 년이라도 살듯이. 지금 이 순간, 바로 이 장소에서, 우리가 다음 생에 살고자 하는 생을 똑같은 방식으로 살아야 한다. 절대로 설렁설렁 지금 이 순간을 피해가려 하지 말고 지금 이 순간에도 세상과 작별할 것처럼 그렇게 뜨겁게 살아야 한다.

"작은 뜰에 무화과나무 몇 그루가 서 있고, 약간의 치즈 그리고 서너 명의 친구들만 있으면 행복하다."

이것이 그리스의 철학자 에피쿠로스의 사치였다.

일상의 치유

괜찮아

파울로 코엘료는 "모든 사람들이 당신을 다 좋아한다고 하면 당신에게 무슨 문제가 있을 것이다. 당신이 모두를 기쁘게 할 수는 없다"라고 말했다.

사람들은 힘들수록 오히려 감춘다. 하여 우리는 다른 이가 실제로 어떤 고통을 안고 살아가는지 전혀 알지 못하는 경우가 많다. 반면에 나 자신의 걱정, 불안 등은 내가 너무도 잘 알고 있기에 '다른 사람은 좋은 일만 넘치는데 왜 나는 그렇지 못하나?'라고 잘못 생각하기 쉽다.

삶의 부조리는 누구에게나 예고 없이 닥쳐오며, 그것으로부터 자유로울 수 있는 사람은 거의 없다. 다만 그 상황을 어떻게 받아들이느냐가 중요한데, 실패나 상실 앞에서 발버둥을 치며 한탄하는 것은 전혀 도움이 안 된다. 인생은 (+)A와 (-)A가 공존하는 게 당연함을 인정해야 마음이 편하다.

어떤 정신과 교수는 '인간의 불완전함을 수용할 수 있는 사람이 최고의 성취자'라고 했다. 그렇다. 불완전함이라는 단어는 인간적이다. 완전함은 인간적 매력이 없다. 우리는 불완전하기에 단점과 장점을 함께 갖고 있다. 누구도 나의 모든 것을 좋아할 수 없으며, 인간이기에 나 역시 완벽할 수 없음을 받아들여야 한다. 모든 인간은 결점이 있다. 누구나 때때로 발을 헛디디고 휘청거린다. 중요한 것은 그런 자신을 대할 때 괜찮다고 위로하는 마음 자세다.

"모두가 날 사랑하지 않아도 괜찮아!"

"내 뜻대로 다 안 되어도 괜찮아!"

어쭙잖게 타인에게 건네는 '어떻게 하라'는 식의 조언은 위험할 수 있다. 슬퍼서 울고 있는 사람한테 "슬퍼하지 마"라고 하는 것이 위로일까? 그럴 때 그저 가만히 얘기를 들어주거나, 정 위로의 말을 건네고 싶거든 차라리 "좀 슬퍼해도 괜찮아"가 어떨까? "나도 그래. 괜찮아"는 마법과도 같은 말이다. 나만 고통을 짊어진 것이 아니라 모두가 제각각의 고통을 갖고 있다는 것을 알게 되면 조금은 위로가 된다.

불완전함이라는 단어는 인간적이다.

완전함은 인간적 매력이 없다.

등가교환의 법칙

모든 존재의 값은 0으로 출발해서 0으로 돌아간다. 이것이 바로 내가 입이 닳도록 말하고 다니는 '등가교환의 법칙'이다. 우리는 태어나면서 100을 획득했으므로, 죽음이라는 (-)100의 값을 치르며 결국 0이 된다. 그 어떤 분야든 X를 획득하면 그에 상응하는 Y값인 정신적, 신체적, 시간적, 경제적 비용을 치르며 결국 0이 된다. 50을 획득하면 (-)50이라는 비용을, 20을 획득하면 (-)20의 비용을 치르며 결국 0이 된다.

이것은 개인의 능력에도 적용된다. 물고기의 헤엄치는 능력이 100이라면 나무 타기 능력은 (-)100이다. 만약 물고기들을 나무 타기 실력으로 평가한다면, 물고기는 평생 자신이 형편없다고 믿으며 살아갈 것이다. 사랑도 마찬가지다. 사랑이 100이라는 값으로 우리를 행복하게 해줄 때도 있지만, 오히려 사랑 때문에 (-)100의 값을 치르며 고통의 나날을 보내야 하는 경우도 허다하다.

너무 기교가 뛰어난 자는 수고로움이 많고, 지나치게 영리한 자는 걱정거리가 많다. 100이라는 왕관을 쓰려는 자는 100이라는 무게를 이를 악물고 견뎌야 한다. 뭔가를 얻기 위해서는 그와 동등한 대가를 지불해야 한다. 삶에서 양(━)과 음(━━)은 본디 상호 보완적인 상생 관계이다. 얻는 게 있으면 잃는 것이 있고, 잃는 것이 있으면 얻는 것이 있기 마련이다. 세계를 열광시켰던 스타가 술과 마약에 빠져 파산 상태로 어려움을 겪다가 세상을 뜨는 경우도 있고, 스캔들로 한 방에 내려앉는 스타도 있다. 모든 것을 다 갖춰 부러울 것 하나 없어 보이는 이들에게도 예외 없이 내면의 고통과 삶의 굴곡이 있다.

이렇듯 삶의 희비는 무상하다. 그러므로 우리는 늘 평상심으로 세상을 대해야 한다. 꽃이 피고 지는 것이 자연의 이치이듯 사람이 죽고 사는 것, 만나고 헤어지는 것 모두 만고불변의 법칙이다. 그러므로 무언가를 잃거나 실패하는 것, 얻거나 성공하는 것에 담담할 줄 알아야 한다. 무언가를 얻었다고 크게 우쭐대거나, 무엇을 잃었다고 의기소침해할 필요가 없다.

우리는 살아가면서 전공할 분야를 선택하고, 직장을 선택하며, 결혼할 배우자를 선택한다. 사람의 일생은 선택의 연속인데, 어느 하나를 선택하면 다른 대안들은 포기해야 한다. 결혼할 배우자를 선택하려면 선택에서 배제된 다른 사람들은 포기해야 한다. 국민의 존경을 받는 공직자의 길이나 인기 스타의 길을 선택한 사람은 일반적인 사람들이 누리고 사는 평범한 삶은 포기해야 한다. 그것은 결국 선택한 사람이 치러야 할 비용(cost)이다.

너무 훌륭해지려는 것은 결국 엄청나게 피곤해지는 일이다. 세상에는 매우 훌륭한 사람들도 있지만, 누가 보거나 말거나 피었다 지는 꽃도 필요하다. 겸손한 모습으로 꽃처럼 피었다가 졌다가 자연의 법칙에 순응하며 살아가는 모습도 괜찮다. 그러니 너무 조바심내거나 슬퍼하지 말기를.

휴식의 미학

사람들은 심장이 항상 움직이고 있다고 생각하지만, 실제로는 수축하는 순간마다 일정하게 휴식을 취하고 있다. 그래서 1분당 70회라는 정상적인 속도로 심장이 뛰고 있을 때, 심장은 24시간 중에 9시간밖에 활동하지 않는다. 심장은 하루에 15시간 정도의 휴식을 취하며 일하기 때문에 100년 가까이 견딜 수 있는 것이다.

제2차 세계대전이 한창일 때, 처칠은 일흔이 가까워오는 나이였는데도 하루에 16시간 이상씩 일을 하면서 영국군을 총지휘했다. 그는 아침 식사를 한 뒤 다시 침대로 들어가 1시간 동안의 아침잠을 즐겼으며, 아침 11시가 될 때까지 침대에 누운 채로 보고서를 읽기도 하고 비서에게 구술하여 서류를 작성하거나 전화를 이용해 회의를 열기도 했다. 그리고 저녁때가 되면 다시 침대로 돌아와 2시간 동안

심장은 24시간 중에 9시간밖에 활동하지 않는다.
심장은 하루에 15시간 정도의 휴식을 취하며 일하기 때문에
100년 가까이 견딜 수 있는 것이다

저녁잠을 즐겼다.

　록펠러는 아흔여덟 살까지 장수했는데, 선천적으로 장수 체질이기도 했겠지만 또 다른 이유가 있었다. 그는 매일 오후가 되면 사무실 소파에 누워 30분씩 낮잠을 즐기는 습관이 있었고, 낮잠을 잘 때는 대통령이 찾아와도 절대로 깨우지 말도록 엄명을 내렸다고 한다.

　　다니엘 W. 조스틴은 저서 《왜 피곤해지는가》에서 '휴식이란 단순히 쉬는 것만은 아니다. 휴식은 우리의 몸을 수리하는 기능을 담당하고 있다'고 했다.

삶이 소중한 이유

모든 사람은 죽는다. 만약 주변에 '자신은 불사의 존재'라고 주장하는 사람이 있다면 가까운 정신병원으로 빨리 모셔야 할 것이다. 많은 사람들이 유서를 쓰거나 보험에 가입하는 사실로 미뤄볼 때, 대부분의 사람들은 자신이 언젠가는 죽을 것이라는 사실을 진리로 받아들이고 있다.

자신이나 가족이 언젠가 죽을 거라는 사실을 진심으로 받아들일 수 있을 때, 죽음에 대해 초연해질 수 있을 때, 우리는 인생의 우선순위를 바꾸고 비로소 생존 경쟁의 쳇바퀴 속에서 벗어나 사랑하는 사람들과 많은 시간을 보내며 더 가치 있는 일을 하고자 한다. 그런데 보편적으로 죽음이 갑작스레 찾아오기 전까지 대부분 경쟁에서 이기고 더 많은 돈을 벌기 위해 노력하면서 정작 정말로 소중한 것에는 별로 시간을 투자하지 않는다. 왜 그럴까? 그것은 아마도 우리 모두는 언젠가 죽을 거라고 믿는 듯 말하지만, 근본적인 차원에서는 이를 받아들이지 못하고 있다는 이유일 것이다. 사람들은 자신의 죽음에 대해 '일관적인' 믿음을 갖고 있지 않다.

얼마 전 안톤 체호프의 〈복수자〉를 읽다가 박장대소를 하며 웃었다. 주인공은 불륜을 저지른 아내와 내연남을 죽이고 자기도 자살하기로 마음먹고 총을 사러 간다. 이것저것 총을 고르다가 문득 '복수라는 것은 그녀가 괴로워하는 현장을 보고 그 결과를 마음속에 느낄 때에 비로소 통쾌한 것이지, 내가 관 속에 누워서는 아무것도 볼 수 없지 않겠는가?'라는 생각이 든다. 그래서 자신은 자살하지 않고 그들만 죽인 후 자수를 하기로 마음을 바꾼다. 그런데 또 가만히 생각해보니 자수하고 징역살이를 하려니까 뭔가 억울한 것이었다. 결국 그는 그 누구도 죽이지 않기로 작정한다. 이제 그에게는 총이 필요 없었고, 괜히 점원에게 미안해진 그는 "총 말고 뭐라도 하나 사긴 사야 할 텐데……" 하며 가게를 둘러본다. 그리고 벽에 걸린 풀색 그물을 가리키며 "저건 뭐지요?" 하고 묻는다. 메추라기를 잡는 그물이라는 점원의 말이 떨어지기 무섭게 그는 그물을 사서 상점 밖으로 나온다.

그렇다. 삶은 누구에게나 소중하다. 살아 있는 동안 매순간 감사하고 행복해지려 노력해야 한다. 삶이 소중한 이유는 언젠가 끝나기 때문이다.

민들레와 개미

〈민들레 홀씨 되어〉라는 노래가 있다. 그런데 식물학자들이 제일 듣기 싫어하는 것이 바로 '민들레 홀씨'라는 표현이라고 한다. 민들레는 사실 속씨식물이다. 홀씨란 홀로 번식할 능력이 있는 생식세포, 즉 무성생식을 위한 세포인 포자를 말하는데 이것이 바로 홀씨다. 홀씨는 민꽃식물인 양치식물이나 균류, 즉 곰팡이나 버섯을 떠올리면 된다.

암튼 민들레는 홀씨가 아니다. 민들레처럼 사람 역시 홀로 무언가를 이룰 수는 없다. 혼자 잘나서 출세하고 이름을 얻어 성공하는 사람은 없다. 사람은 혼자 만들어지지 않는 법이다. 이것을 착각하거나 망각하면 오만해진다. '너'가 없으면 '나'도 없고, '나'는 '너'로 인해 지금 여기 있는 것이다.

자기만 특별하다고, 똑똑하다고, 남들보다 더 나은 위치에 있다고, 남들보다 더 많이 안다고, 자기만 더 중요하다고, 자기만 모든 것에 능하다고 생각하면서 남들을 비웃지 않는다면 얼마나 보기 좋을까? 자기만 옳다고 생각하여 다른 사람을 가르치려 들지 않는다면 결코 싸울 일도 없을 텐데.

정신의 문제, 즉 자기만 잘났다고 생각하는 오만함은 말의 문제로 나타난다. 인간은 언어를 통해 자아를 인식하기 때문이다. '언어가 정신의 기본'이라는 소쉬르의 명제나 '무의식은 말실수를 통해서도 추론할 수 있다'라는 프로이트의 이론을 떠올려보면, 결국 말하는 본새가 그 사람의 됨됨이다.

과잉의 정신은 과잉의 언어를 낳는다. 폭력의 정신은 폭력의 언어를 낳는다. 범람하는 '다르다'와 '틀리다'의 혼용은 여전히 나를 괴롭힌다. 너와 내가 '다른' 것이 아니라 너와 내가 '틀린' 것이라면, 서로 같지 아니한 것이 곧 옳고 그름의 구분이 되어버리지 않겠는가? 우리는 사람이라서 다를 수 있는 거다. 아니, 사람이라서 서로가 달라야만 한다. 기계가 아닌 사람이라서. 생긴 것도 다르고, 스타일도 다르고, 생각도 다르고, 다 다를 수 있다.

남쪽 지방 사투리 중에 '개미가 있다'라는 표현이 있다. 음식을 맛볼 때 "아따 그거 개미가 있네, 개미가 있어!"라고 하는데, 맛이 넘치거나 모자라지 않고 감칠맛이 나면서 깔끔하다는 뜻 정도가 되겠다. 우리 서로에게 '넘치거나 모자라지 않는 사람', 즉 '개미가 있는 사람'이 되어보면 어떨까?

'세 사람이 길을 가면 그 가운데 반드시 나의 스승이 될 만한 사람이 있다'고 했다. 당신만 잘났다고 생각하지 마라. 내가 누군가의 손을 잡기 위해서는 내 손이 먼저 빈손이 되어야 하고, 버섯의 벗이 되려면 내가 먼저 버섯의 높이로 땅에 엎드려야 한다.

빈 배

장자는 뱃놀이를 즐기곤 했는데, 어느 날 혼자 뱃놀이를 하다가 잠이 들었다. 그러다 지나가는 배에 '쿵' 하고 부딪혀 잠을 깼는데, 화가 난 장자는 따져 묻고자 벌떡 일어나 건너편 배를 보았다. 하지만 거기에는 빈 배만 있을 뿐 아무도 없었다. 누가 있어야 화를 낼 텐데 빈 배뿐이었던 거다. 《장자》외편인 〈산목〉편에 올라 있는 「빈 배」 이야기다.

빈 배에게는 화를 낼 수 없다. 자기를 비우고 산다면 무언가 잃을까 두려울 일도 없고 초조할 일도 없다. 욕심내지도 않을 것이며 분노로 다툴 일도 없다. 비움은 자기 자신을 자유롭게 한다. 매번 다른 배역을 맡아 연기를 해야 하는 배우들이 가장 중요시 여기는 것도 비움이다. 하나의 인물을 창조하기 위해서는 본연의 자기 모습, 이전에 연기했던 인물들을 싹 지워내는 작업이 필요하다.

자기를 비우고 산다면
무언가 잃을까 두려울 일도 없고 초조할 일도 없다.
욕심내지도 않을 것이며 분노로 다툴 일도 없다.
비움은 자기 자신을 자유롭게 한다.

비움, 덜어냄이 갖는 효용은 비즈니스에서도 마찬가지다. 스티브 잡스가 자신이 설립한 애플에서 쫓겨났다가 회사가 기울어가자 다시 복귀한 뒤 맨 처음 시도한 것은 새로운 제품을 추가하는 것이 아니라 '불필요한 제품을 제거하는 일'이었다. '여일리불약제일해(與一利不若除一害), 생일사불약멸일사(生一事不若滅一事)', 하나의 이익을 얻는 것이 하나의 해를 제거함만 못하고, 하나의 일을 만드는 것이 하나의 일을 없애는 것만 못하다 했다.

철학자 카를 포퍼 역시 "인생은 문제 풀이의 연속이며, 최선의 선택보다 최악의 회피가 더 중요하다"라고 말했다. 인간의 삶에서 일어나는 대부분의 갈등은 관계의 문제다. 문제가 발생했을 때 화를 내느냐 마느냐, 스트레스를 받느냐 마느냐는 결국 자신의 마음에 달렸다. 해로운 인간은 멀리하거나 아예 빈 배 취급하는 게 낫다. 곁에 두면서 기를 쓰고 바꾸려고 하거나 이해하려고 해봤자 나만 피곤해진다.

최근 도로 위 보복 운전이 급증하고 있다는 기사를 본 적이 있다. 운전 중 '끼어들었다', '경적을 울렸다' 등의 이유로 상대 차량을 삼단봉으로 박살내고 가스총으로 위협하는 등 도를 넘는 사건도 심심찮게 일어난다. 꼭 도로 위가 아니더라도 순간 욱하는 감정을 참지 못해 참극으로 이어지는 범죄가 갈수록 늘고 있다. 채워져 있을 때는 문제가 되던 것도 빈 배처럼 마음을 비우면 불편한 마음이 없어진다.

'인능허기이유세(人能虛己以遊世), 기숙능해지(其孰能害之)', 그대가 자신을 비우면서 이 세상을 살아갈 수 있다면 누가 피해를 줄 수 있겠는가? 화가 날 때, 울화가 치밀어 오를 때, 그 분노를 터뜨릴 상대방을 빈 배처럼 바라보자.

장자의 「빈 배」 이야기는 "진정한 힘의 원천은 비움에 있고, 마음이 비어 있으면 세상에 못할 일이 뭐가 있겠는가?"라고 묻고 있다.

배로 강을 건널 때 빈 배가 떠내려 와서 내 배에 부딪히면 아무리 속이 좁은 사람이라도 화를 내지 않지만, 그 배에 사람이 타고 있으면 화를 내고 소리를 지른다. 한 번 소리를 쳐서 말을 듣지 않으면 다시 소리치고 그래도 듣지 않으면 세 번째 소리를 치고 그 후에는 욕을 한다. 처음에는 화를 내지 않다가 나중에 화를 내는 이유는 처음에는 빈 배였지만 나중의 배는 누군가가 타고 있기 때문이다. 이처럼 세상 사람들이 자기를 비우고 산다면 그 누가 욕을 하겠는가? 세상을 살아가면서 상대방과 다투거나 싸울 때 상대방을 빈 배처럼 생각하면 싸울 일이 없다.

웃음 바이러스

웃음은 몸에 좋다. 웃으면 뇌에서 기분을 좋게 만들어주는 세로토닌, 도파민, 엔도르핀 등의 호르몬 분비가 촉진된다. 먼저 웃어주면 낯선 상대라도 대부분 같이 웃어준다. 찡그리는 데는 43개의 얼굴 근육을 움직여야 하지만 웃는 데는 17개면 충분하다. 웃음은 복부 근육 등 많은 신체 활동을 수반하기 때문에 가만히 앉아서 하는 조깅과도 같다. 또 면역 체계에도 도움을 준다.

우리는 미소를 통해 행복을 공유한다. 여러 사람 앞에서 웃으면 행복은 바이러스처럼 모두에게 퍼져나간다. 웃음에 웃음으로 대응하는 것은 자기도 모르게 나오는 자동 반응으로 거울 뉴런의 작용에 따른 인간의 본능에 가깝다.

한 세기도 훨씬 전에 빅토리아 시대의 위대한 철학자 윌리엄 제임스는 '웃기 때문에 행복하다'는 획기적인 생각을 세상에 내놓았다. 최근 좀 더 현대적으로 다듬어진 제임스 이론은 감정과 행동 사이의 관계를 이차선 도로로 묘사하고 있다. 예를 들어, 인간은 행복하기 때문에 웃기도 하지만 동시에 웃기 때문에 행복감을 느끼기도 한다는 것이다.

20세기가 시작될 무렵, 러시아의 콘스탄틴 스타니슬랍스키는 '메소드 연기'라는 것을 창안하여 연극계에 혁신을 몰고 왔다. 메소드 연기의 핵심은 실제로 극중 인물이 되어봄으로써 무대에서 진정한 감정 연기를 펼칠 수 있다는 것이다. 이는 말런 브랜도나 로버트 드니로와 같은 세계적인 명배우들이 활용한 것으로도 널리 알려져 있다. 제임스의 가정 원칙을 검증하기 위해 심리학자들이 사용한 방법도 메소드 연기와 똑같은 것이다. 제임스가 예측한 것처럼 불과 몇 초간의 표정 변화로 감정 상태에 중대한 변화가 일어났다.

폴 에크먼은 평생을 인간의 표정과 감정 연구에 바쳤으며 제임스의 가설에 큰 힘을 실어주었다. 에크먼은 피실험자들이 두려운 표정을 지을 때 심박 수는 치솟고 피부 온도는 떨어졌으며, 웃는 표정을 지을 때 심박 수는 떨어지고 피부 온도는 상승한다는 것을 발견했다. 이러한 현상이 인류의 보편적인 메커니즘인지 확인하기 위해 연구팀은 서부 인도네시아에 있는 한 외딴 섬의 주민들을 대상으로 동일한 실험을 실시했고 역시 똑같은 결과를 얻었다. 이는 제임스의 가정 원칙이 진화 과정을 통해 인간의 심리에 깊이 새겨진 본능의 산물이라는 사실을 말해주는 것이다.

제임스의 생각을 좀 더 개진한 이론으로, 톰킨스 가설(안면 피드

백 가설)도 있다. 간략하게 말하자면 웃는 얼굴의 표정 패턴은 즐거운 기분을, 불쾌한 얼굴의 표정 패턴은 불쾌한 기분을 일으킨다는 것이다.

캘리포니아 버클리대학교 연구진은 대학 졸업 앨범에 나온 '웃고 있는' 표정의 여학생 111명을 조사했다. 연구진은 30년 뒤 이들의 인생 변화를 추적했는데, 놀랍게도 웃는 표정이 그 사람의 향후 인생 진로에도 막대한 영향을 끼친 것으로 밝혀졌다.

술과 무의식

"술이 사람을 망치는 것이 아니다. 인간은 원래 망할 존재라는 것을 알려주는 것이 술이다."

인간은 패턴의 동물이다. 모든 종류의 성공은 물론이고 음주 운전, 싸움, 연애 실패, 사업 실패 등도 패턴의 문제다. 패턴에 의해 역사는 반복된다. 이상한 패턴이 반복된다면 우는소리를 멈추고 패턴을 깨뜨려야 한다. 삶의 패턴을 바꿔야 한다. 문제를 해결하는 방법은 그것이 왜 발생했는지를 분석하는 것이 아니고 행동을 바꾸는 것이나. 그렇게 하려면 현재 사신이 반복하고 있는 행동 패턴을 파악해서 그 패턴과 다르게 행동해야 한다. 똑같은 행동과 똑같은 인간관계, 똑같은 만남을 되풀이하면서 다른 결과를 기대하는 것은 어리석은 짓이 아닐까?

사람의 무의식은 자꾸 의식과 반대되는 행동을 하게 만드는데, 특히 술은 무의식의 헬게이트를 여는 열쇠가 된다. 무의식 속에는 좋지 못한 기억들이나 억압되어 있던 폭력성이 마치 봉인 해제를 기다리는 악마들처럼 숨어 있다. 콤플렉스, 창피함, 폭력성, 비이성적이고 원초적인 욕망 등이 그것이다. 술에 취하면 그것들을 막고 있던 방어기제가 약해지면서 갇혀 있던 화가 폭발하거나 우울, 불안 등이 밖으로 표출된다.

무의식은 휴화산과 같아서 기회만 있으면 뚫고 나오려 한다. 무의식은 꿈, 환상, 말실수에서 불쑥 나타나기도 하는데, 프로이트는 인간의 마음을 마치 세 명의 사람이 움직이는 것처럼 보았다. 그들의 이름은 이드(Id), 초자아(Superego), 자아(Ego)이다. 이드는 원초적 욕망의 대변자이며 자아는 중재자다. 초자아는 자아 이상(ego ideal), 도덕, 윤리, 양심의 대변자다. 이드는 원초적인 욕망을 주장하고, 초자아는 금지된 일을 못하게 막아서거나 이상을 추구하며 자아는 타협점을 찾는다.

프로이트는 이드를 무의식 속에 억압되어 있는 성적이거나 공격적인 소망 덩어리로 보았다. 이드는 충동적인 어린아이와 같아서 원초적이고 이기적이며, 이드를 움직이는 힘은 쾌락 원칙이다. 바라는 것이 있으면 참고 기다리지 못한다. 술이나 약으로 이드의 힘이 세지면 인간은 비이성적이고 본능적인 충동에 의해 움직이게 된다. 이럴 때 자아는 초자아와 이드 간에 협상을 하도록 시도한다. 그 결과를 '타협 형성'이라고 부르는데, 이런 타협성을 이끌어내는 자아의 역할이 우리에게는 매우 중요하다. 슬픔을 감당하지 못해 정신줄을 놓아버리거나 사소한 일로 분노를 폭발시킨다면, 그것은 그 사람의 자아

슬픔을 감당하지 못해 정신줄을 놓아버리거나
사소한 일로 분노를 폭발시킨다면,
그것은 그 사람의 자아가 약하기 때문이다.
자아가 강한 사람들은 방어 기제를 동원해
스스로를 무의식의 공격으로부터 굳건하게 지킨다.

가 약하기 때문이다. 자아가 강한 사람들은 방어 기제를 동원해 스스로를 무의식의 공격으로부터 굳건하게 지킨다.

다시 한번 순자를 모셔와야겠다. 순자는 "인간의 본성은 악하다. 인간의 선함은 후천적이며 인위적인 교육의 결과이다. 인간은 남을 해치고, 다투며, 질서나 도덕을 파괴하려는 악한 본성이 있기에 스승의 지도를 잘 받아야 하고, 예의에 따른 교화가 필요하다. 그렇게 하면 본성을 억제하는 힘이 생기고, 질서나 도덕을 되찾아 세상이 편안해진다"라고 말했다. 순자 성악설의 핵심은 '위(爲)'다. 이는 후천적인 교육과 인간의 의지를 가리키는데, 순자는 인간의 본성은 비록 악하지만 의도적인 노력으로 선(善)을 추구할 수 있다고 주장한다. 사회의 질서 유지를 위해서는 위(爲), 즉 의도적인 노력이 반드시 필요하다.

시간

마키아벨리는 세상에서 가장 무서운 것은 가난도, 걱정도, 병도 아닌 생에 대한 권태라고 말했다. 가슴 설레던 꿈도 한번 이루고 나면 시간이 지난 후 당연한 것이 되어버리고 나중에는 평범한 일상이 되어버린다.

어떤 사람은 행복의 대상이 쾌락에 있다고 한다. 그러나 시인 바이런은 어느 누구보다 쾌락의 인생을 살았지만 "벌레 같은 인생, 고민 그리고 슬픔이 나를 괴롭게 만든다"라고 했다. 어떤 사람은 행복이 물질에 있다고 한다. 그러나 백만장자 제이 굴드는 죽을 때 "아마도 세상에서 제일 불쌍한 사람은 바로 나일 것이다"라고 했다. 어떤 사람은 지위와 명예에 있다고 한다. 그러나 비컨즈필드 경은 죽을 때 "젊었을 때는 실수투성이였고, 중년에는 투쟁뿐이었으며, 이제 늙으니 후회뿐이다"라고 말했다. 또 어떤 사람은 행복이 승리의 영광에 있다고 한다. 그러나 알렉산더 대왕은 가장 넓은 땅을 정복했지만 "이 땅에는 더는 정복할 곳이 없구나"라고 탄식하며 서른세 살이라는 나이에 열병을 앓다 죽었다. 어떤 사람은 아름다움에 있다고 한다. 그러나 마릴린 먼로는 생전에 뭇 남자들을 사로잡았지만 쓸쓸한 죽음을 맞이했다. 행복을 정의 내리기는 어렵지만, 지금 이 순간을 정말로 아름답다고 느끼는 자기만족의 상태가 행복에 가장 가깝지 않을까?

소크라테스는 말했다.

"행복을 자기 자신 이외의 것에서 발견하려는 사람은 불행한 사람이다."

행복이란 순간순간 맛보며 느끼는 삶의 과정이다. 우리는 어떤 일을 해낸 후 성취감을 느낄 때, 고통에서 해방되어 편안할 때 행복감을 느낀다. 아리스토텔레스는 "행복은 자족에 있다"고 했고, 칸트는 "행복을 추구하는 것도 중요하지만 행복을 누릴 자격이 있는 사람이 되는 일이 더 중요하다"라고 했다.

서울 쥐는 심심하게 사는 시골 쥐를 불쌍하게 여기지만, 시골 쥐는 주인과 시간에 쫓기면서 불안하게 사는 서울 쥐를 더 불쌍하게 여긴다. 시간은 누가 훔쳐갔을까? 사람들은 미하엘 엔데의 《모모》에서 회색 옷을 입은 시간도둑에게 시간을 모조리 도둑맞은 이들처럼 너무 바쁘고 정신없이 산다. 헉헉대며 바쁘게 살아가지만 무엇을 위한 바쁨인지도 모른 채, 그저 남들도 바쁘게 살아가니까, 할 일이 많이 쌓여서, 이렇게 하지 않으면 도태될까 두려워서 일에 일을 보탠다.

"꿈을 죽일 때 나타나는 첫 번째 징후는
시간이 부족하다고 말하는 것이다."
_파울로 코엘료,《순례자》

시간이 없다

'시간이 없다'라는 말은 참 슬픈 말이다. 밥 먹을 시간도, 놀러 갈 시간도, 사색할 시간도, 산책할 시간도, 연애할 시간도, 책 읽을 시간도 없는 삶, 과연 괜찮을까?

사람들은 대개 타인의 말을 의식하며 산다. 무엇을 전공으로 선택해야 하며 무슨 직업을 갖는 것이 좋은지, 어떤 배우자를 선택하는 게 좋은지, 남들의 시선과 의견에 귀를 열어놓는다. 남들의 의견에 파묻힌 삶은, 무엇이 우리 존재의 참다운 방식인지 묻는 일을 망각하고 사는 것이다.

의자 같은 물건의 존재 의미는 무엇인가? 그 존재 의미는 바로 용도에서 찾을 수 있다. 즉, 앉기 위해 존재하는 것이 의자다. 이것을 사용하는 자는 바로 존재에 대해 물음을 던지는 자이다. 의자를 사용하며 살아가는 나 자신의 존재 의미는 무엇인가? 이런 식으로 존재

나는 왜 사는가?

무엇을 하는 게 의미 있는 일인가?

어떻게 살 것인가?

의 의미에 대해 물음을 던지는 행위가 존재 방식 자체인 자를 가리켜 '현존재'라 한다. 바로 우리 자신이다.

나는 왜 사는가? 무엇을 하는 게 의미 있는 일인가? 어떻게 살 것인가? 이 모든 물음은 바로 자신의 존재 의미에 대한 물음이다. 또 자신의 존재 의미에 대해 묻는다는 것은 현존재가 '특정한' 본질을 가지고 있지 않음을 뜻한다. '특정한' 내용이 우리 존재의 본질이라면 우리는 미리 주어진 그 본질에 따라서 수동적으로 살면 되는 것이지, 존재의 의미에 대해 물음을 던질 필요가 없을 것이다.

현존재를 본래적 존재의 자리로 인도해주는 기분은 바로 '불안'이다. 공포가 특정한 대상으로부터 오는 기분인 반면, 불안은 그 대상이 없다. 그 대상이 없다는 것은, 즉 '무(無)'에 대해 느끼는 기분이다. 무에 대하여 불안을 야기하는 것은 궁극적으로 '죽음'이다. 언젠가 우리는 반드시 소멸한다.

죽음을 통해 유한성을 가질 때에 비로소 실존하는 자에게 선택의 자유가 찾아온다. 우리가 만약 무한하게 사는 존재자라면 어떨까? 이런 삶에는 인생의 어떤 계획도 들어설 수 없고, 성취를 위한 척도도 있을 수 없다. 무한한 시간을 뭐 하러 계획하며, 또 어떻게 계획할 수 있겠는가? 오로지 우리가 유한한 존재일 때만, 우리는 인생에서 앞날을 '염려'하며 이런저런 계획을 세우고 가치 있는 일을 선택하는 자유를 누릴 수 있다. 죽음은 우리에게 이런 모든 자유와 선택의 가능성을 열어주는 '끝'이다.

다른 사람들의 말이나 뜻을 좇아 살고 다른 사람들의 평가에 맞춰 사는 사람은 늘 바쁘면서 시간이 없다.

"자기를 잃어버리는 자는 자기의 시간도 잃는다. 그러므로 그런 사람에게 맞는 전형적인 말은 '시간이 없다'이다."

인간은 세계 속에 내던져진 존재다. 인간의 근원적인 불안은 머지않아 다가올 죽음에서 비롯된다. 인간은 삶의 무상함과 인생의 고통 속에서 끊임없이 고뇌한다. 이런 고뇌에서 삶을 정당화하고 시인하는 다양한 방법이 나타나게 되는데, 종교와 예술, 도덕과 학문 같은 것도 이 세계의 삶을 정당화하는 방법의 하나다. 삶과 세계를 정당화하는 것은 오직 자신의 의지다. 인간은 인간 스스로가 구상하고 희구하며 자신을 만들어가는 존재다. 사르트르의 말처럼 실존이 본질에 앞선다면, 인간은 자신이 지금 어떤 존재인가를 스스로 결정해나가야 한다. 삶에 의미를 부여하는 것은 나의 실천이며 나의 선택이다.

Top보다는 Only

소위 '스펙'이란 것은 올더스 헉슬리의《멋진 신세계》에 나오는 알약 '소마'와 닮았다. '멋진 신세계'는 개개인의 개성을 허용하지 않는다. 수백만 명의 쌍둥이들이 인공적으로 태어나고, 이들은 5개의 계급으로 나뉘어서 프로그램대로 살아간다. 그러다가 '생각'이라는 불순한 감정이나 독창적인 의견, 자신만의 개성이 생겨날 때는 '소마'라는 알약을 복용한다. 알약을 먹으면 '행복감'이 온몸에 퍼져 다시금 군말 없이 기계의 일부로 사는 것을 받아들이게 된다.

북송 시대 양산박에 모인 호걸들의 무용담을 그린《수호지》의 주인공은 108명이다. 저마다의 개성을 지닌 이들은 '호걸'이 된 사유가 천차만별이고 맡은 역할은 다르지만 주인 의식이 있다. 주인 의식만 있으면 내가 108명 중의 한 명이라 할지라도 내 역할이 즐겁고 기꺼이 헌신할 수 있다.

다른 사람들이 언제나 자신의 마음에 들기는 불가능하다. 그러려면 아마 모든 사람이 똑같은 생각과 감정을 가지고 있어야 할 것이다. 모든 사람이 당신과 같아진다면 세상은 아주 끔찍한 곳이 될 것이다. 옷도 한 가지 스타일밖에 없을 것이고, 자동차도 하나밖에 없을 것이며, 예술도 획일화될 것이다. 우리는 그런 세계에서 살고 싶지 않다. 변화와 다양성은 삶에 색깔을 부여하고 생동감을 불어넣는다.

그 누구도 똑같은 사람은 없다. 우리 모두는 어릴 때부터 서로 다른 환경과 서로 다른 부모님 밑에서 서로 다른 경험을 하면서 자란다. 심지어 같은 부모님 아래에서 자란 형제자매조차 똑같지 않다. 그러므로 사람들의 성격과 도덕적인 가치, 생각이 다른 것은 아주 정상적인 일이다. 그런데 사람들은 서로 다른 욕구와 생각을 가지고 있다는 것을 받아들이지 못하고 종종 화를 낸다. 그것은 다른 사람들이 지금처럼 행동해서는 안 되고 다르게 행동해야 한다고 자신의 기준을 다른 사람들에게 적용하고 요구하기 때문이다.

삶은 모험이다. 거절당하는 것이 두렵다면 우리는 이성을 사귀지도, 자신의 의견을 표현하지도 못할 것이다. 다른 사람들이 당신을 좋아하지 않는다면 그것은 그들의 취향일 뿐, 그들의 취향이 인간으로서 당신의 가치를 결정짓지는 않는다. 다른 사람들의 관심을 사지 못한다고 해서 당신에게 문제가 있는 것은 아니다. 당신을 좋아하지 않는 사람은 언제나 있는 법이다. 삶의 기술을 진정으로 터득한 자에게는 일과 놀이에, 노동과 여가에, 정신과 육체에, 배움과 휴식에, 사랑과 종교에 구분이 존재하지 않는다. 그는 단지 매사에 자신의 비전

삶은 모험이다.
다른 사람들이 당신을 좋아하지 않는다면
그것은 그들의 취향일 뿐,
그들의 취향이 인간으로서 당신의 가치를 결정짓지는 않는다.

에 따라 행동할 뿐이며, 다른 사람들이 그를 보고 일하고 있다고 하든 놀고 있다고 하든 개의치 않는다.

나는 'Top'보다는 'Only'가 좋다. 1등보다는 '너 아니면 안 된다'가 더 좋다.

무지의 지

'가치'는 그 대상이 지니고 있는 '쓸모'를 말한다. 이상한 것은 대부분의 사람들이 자기에게 가치 있는 것 또는 가치 있는 일이 무엇인지 모르고 살아간다는 것이다.

가치의 기준을 어디에 두느냐에 따라 인생의 테마도 달라진다. 모든 사람은 가치의 기준이 저마다 다르다. '멀리 보라!' vs. '이 순간을 즐겨라!' 어디에 더 높은 점수를 줄 것인가. 어느 것도 정답은 아니다. 멀리 봐야 할 순간이면 멀리 봐야 하고 순간을 즐겨야 할 때면 순간을 즐기면 된다. 멀리 봐야 할 때 가까이 보고 가까이 봐야 할 때 멀리 보기 때문에 제대로 된 가치 평가를 하지도 못하고 받지도 못하는 것이다.

그렇다고 감당할 수 없는 빚을 내면서까지 무엇을 해서는 안 된다. 감당할 수 있을 만큼이 그것의 가치다. 가치는 금전적인 것과 정신적인 것이 합쳐진 것이다. 모르면서 안다고 하는 것, 자기의 깜냥을 벗어난 가치를 찾는 것, 문제는 거기에서부터 온다. 곁가지들을 다 쳐낸 후 우리에게 필요한 것은 '무지의 지', 그것이다.

모르는 것은 모른다고 할 줄 아는 앎, 무지의 지. 살면서 만나본 대부분의 겸손한 사람들의 공통점은 '무지의 지', 바로 그것이더라. 모르면 모른다고 하는 것, 모르면 배우고 상의하려 하는 것, 그런 사람은 어딜 가나 빛이 나더라. 그래서 나는 '불치하문(不恥下問), 모르는 게 있으면 아랫사람에게라도 배워야 한다'와 '삼인행필유아사(三人行必有我師), 세 사람이 길을 가면 반드시 그중에 내 스승이 있다'를 늘 염두에 두고 지내려 노력한다. 자기도 모르면서 아는 척하고 남에게 지시하는 상황은 누가 봐도 좋게 와 닿지는 않는다.

문제는 내가 무엇을 좋아하는지, 무엇을 해야 하는지, 어디에 가치를 둘 것인지를 모르는 데 있다. 알아야 한다. 내가 무엇을 할 때 행복한지, 어디에 가치를 두었을 때 행복한지 알아야 한다. '안다'는 것은 인생의 방향을 결정하는 데 매우 중요하다. 공자와 소크라테스도 '안다'는 것에 대해 진지하게 논했다. 공자는 제자 유에게 "안다는 것은, 아는 것을 안다고 하고 모르는 것을 모른다고 하는 것이다"라고 했다. 소크라테스도 "진정한 앎은 무지를 아는 데 있다. 그리고 무지를 아는 자는 가장 현명한 자다"라고 말했다.

잠시 빌린 것

　　　　　　　　　　　　　　　인생에 대한 자각 가운데 하나는
'나의 삶은 온전히 나의 것이 아니라 잠시 빌린 것'이라는 성찰이다.
'잠시 빌린 것'이라는 동양적 삶의 자세는 소동파의 〈적벽부〉에도 잘
나타난다. '나의 삶은 잠시 빌린 것'이라는 인식으로 자신의 인생을
바라보면 주위의 모든 것을 소중히 여기고 아낄 수밖에 없다. 천년만
년 살 수도 없고, 나의 소유물 역시 영원히 남아 있을 것이 아닌데 어
떻게 함부로 다루고 교만을 부리겠는가. 오롯이 스스로의 의지로 이
루어진 것이 아니라면 잠시 빌린 세상은 하나하나 모두 소중하다.

　삶의 우선순위를 어디에 둘 것인가? 우리는 과연 무엇 때문에 사
는가? 당신 삶의 우선 가치는 어디에 있는가? 우리는 그것을 치열하
게 고민해야 한다. 바로 그것이 삶을 살아가는 데 있어 전략이 되고,
그로 인해 같은 일이라도 전혀 다른 결과로 나타난다. 어떤 이는 심

삶의 우선순위를 어디에 둘 것인가?

우리는 과연 무엇 때문에 사는가?

당신 삶의 우선 가치는 어디에 있는가?

장질환으로 쓰러진 뒤 건강을 회복하면서 보낸 시간이 인생을 바꾸어놓았다고 했다. 그는 병상에서 자신에게 가장 중요한 가치가 '가족'과 '삶의 여유' 그리고 '나눔'이라는 사실을 깨달았다. 그 이후로는 인생의 목표가 더 분명해졌다. 사회적으로 인정을 받기 위해 앞만 보고 달렸던 과거에는 성공이 최선이라고 생각했지만 자신이 진정으로 원하던 가치가 그것이 아니라는 사실을 그제야 깨달은 것이다.

나는 어떤 일을 할 때 그 일이 과연 내가 소중하게 여기는 가치와 부합하는지 먼저 자문해본다. 그리고 이제는 아무리 돈을 많이 벌고 사회적으로 인정받는 일이라고 해도 나 자신을 돌볼 시간을 갖지 못하고 삶의 여유를 잃는 일이라면 고민 없이 거절할 수 있게 되었다. 왜냐하면 지금 이 순간 이미 너무나 행복하기 때문이다.

아마추어

어떤 일이든 우리가 처음에 의도한 것과 그 결과물 사이에는 항상 차이가 존재한다. 생각한 대로, 의도한 대로 딱딱 이루어지기란 좀처럼 어려운 일이다. 이는 이른바 '욕망과 능력 사이의 괴리로 인해 생기는 틈새' 때문이다. 하지만 이 것은 결코 슬퍼할 일이 아니다. 인간은 누구나 불완전하기 때문이다. 하여 우리는 자신에게서 떠오르는, 또는 비롯되는 모든 것을 오롯이 받아들여야 한다. 원치 않았던 결과나 실수라고 해도 말이다.

아마추어라는 단어는 왠지 어감이 무시당하는 것 같은 느낌인데, 사실 수백 년 전까지만 해도 깔보는 의미로 쓰인 단어가 아니었다. 아마추어는 생계를 위해서만 목표를 추구하지 않고, 순수한 즐거움을 위해서 활동하는 사람을 묘사하는 단어였다. 헌신적인 추종자, 특별한 노력을 추구하는 사람을 뜻하는 라틴어 'amotar'가 그 어원이

사막을 걸어간 발자국을 보면 알 수 있듯이,
인간은 애당초 자로 잰 듯 걷기가 불가능하다.
그럼에도 계속 걷기만 한다면 무엇인가를 향해 다가갈 수 있고,
언젠가는 도착할 수 있다.

다. 아마추어는 경이에 사로잡혀 몰입하고 있는 상태를 구체화한 감정이다. 좋아하는 일에 빠져드는 순간, 우리에게는 뜨거운 열정이 솟아나며 끈기 또한 생겨난다. 이때 실패 따위는 전혀 고려 대상이 되지 못한다.

실패란 사실 0이라는 숫자와 마찬가지로 텅 비었으면서도 무한한 가능성의 시발점이 될 수 있다. 실패를 두려워하지 말고 좋아하는 일을 우선적으로 고려해야 하는 이유는 '후회'의 관점에서 보면 보다 명확하게 다가온다. 나는 늙어서 아무것도 하지 못하게 됐을 때, 그 시점에서 후회할 일들의 숫자를 최소화하려고 늘 노력한다. 여든 살, 아흔 살이 되었을 때 '무언가를 시도했던 순간들'을 후회할 리는 없다. 하지만 시도조차 하지 않았던 일들은 엄청난 후회를 불러올지도 모른다.

사막을 걸어간 발자국을 보면 알 수 있듯이, 인간은 애당초 자로 잰 듯 걷기가 불가능하다. 그럼에도 계속 걷기만 한다면 무엇인가를 향해 다가갈 수 있고, 언젠가는 도착할 수 있다.

모든 결과물은 앞으로 나아가는 과정 중에 얻은 것들이며, 다음 결과물을 얻을 때까지 그것은 '미완성' 혹은 '불완전함'으로 남아 있다. 허먼 멜빌의 《백경》이 찬사를 받기까지는 70년의 세월이 걸렸다. 듀크 엘링턴은 자신의 레퍼토리 가운데 가장 좋아하는 곡이 아직 만들지 않은, 다음번에 발표할 곡이라고 말했다. 지금까지 그래미상 후보에 79번이나 노미네이트 되고 27번이나 수상한 퀸시 존스는 한국을 방문했을 때,

언제가 전성기였느냐는 기자의 질문에 일말의 고민도 없이 "Tomorrow"라고 답했다. 추사 글씨도 죽기 사흘 전에 쓴 봉은사의 판전을 최고로 친다. 그렇다. 최고의 작품은 아직 쓰이지 않았다.

천상천하유아독존

고백하자면, 나 역시 과거 어느 시점에 잠시 내가 아닌 다른 사람처럼 살고 싶었던 적이 있다. 그것은 곧 내가 나 자신을 사랑하지 못했다는 말이 된다. 내가 나 자신을 사랑하지 못하다 보니 타인 역시 인정하지 못했다. '다름'을 인정하기가 힘들었던 나름의 흑역사다.

자기를 사랑하지 못하면 남도 사랑할 수 없다. 자기 자신이 100년 전에도 없었고, 100년 뒤에도 없을 거라는 것을 자각한다면 현재의 삶을 오롯이 살아야 한다. 그것이 내가 뒤늦게 깨달은 인문학 정신이다. 사람은 다 다르다. 특히 예술가나 자기 작품을 만드는 사람은 생각이 제각각이다. 자기 스타일대로 살면 다 새롭다.

부처는 각자 얼굴도 다르고 색깔도 다르니 자기 스스로 오롯이 서라고 했다. 이 말은 곧 개개인이 '천상천하유아독존(天上天下唯我

獨尊)'이라는 것이다. 우리는 이것의 의미를 되새겨볼 필요가 있다. '천상천하유아독존'이라……. 언뜻 들으면 굉장히 오만한 표현 같지만 사실 따지고 보면 그런 뜻이 아니다.

모든 것은 독립적이고 절대적인 존재가 아니라 상호 연관되어 있다.

"이것이 있음으로 해서 저것이 있고 저것이 있음으로 해서 이것이 있다."

그 내용을 '천상천하유아독존'과 연결해보면 '나의 세계에서는 내가 부처고 나를 중심으로 모든 것이 연결되어 있지만, 너의 세계에서는 네가 부처고 너를 중심으로 모든 것이 연결되어 있다'라는 의미가 된다. 그래서 '천상천하유아독존'이라는 문구는 오만하고 건방진 소리가 아니라 나의 세계에서 나의 존귀함(불성)을 자각할 수 있어야 다른 이의 세계에서 다른 이의 존귀함도 깨달을 수 있다는 의미다. 니체가 "너희들이 차라투스트라를 따르지 않고 너희들 힘으로 섰을 때 차라투스트라는 너희에게 돌아가리라"고 말한 것도 결국 각자가 차라투스트라라는 말이다.

나는 '관성적'으로 생존하는 대중의 가치관에 비추어볼 때 조금은 '다른' 가치 체계를 가진 사람이다. 대중이 말하는 '정상적'인 삶이란 타의에 의해 부여된 가치를 위한 삶이고, 그들의 관점에서 나의 삶은 오히려 '비정상적'일 수밖에 없다. 하지만 모든 사람은 저마다 다 다르다. 100명이 있는데 100명이 다 똑같다면, 이것은 구성원들 스스로가 자기 삶을 억압하는 것이나 다름없다(사실 유전학적으로도 100명이 다 똑같을 수는 없다. 유전학에서 뉴턴의 운동 법칙 수준의 지위를 가지는 '하디&바인베르크의 법칙'에 따르면, 개체군이 가지는 유전자 풀 안에서 유전자 A와 a의 비율은 어떤 임의의 자연수 세대만큼 지나도 그대로 유지된다. 얼굴이 예쁜 여자만 100% 태어난다면 이 세상에는 '예쁘다'는 개념 자체가 사라지게 될 것이다). 타자를 동일한 논리로 획일화시켜서는 안 된다. 당신은 당신으로 살고, 래피는 그저 래피로 지내면 되는 것이다.

너 누구니

나는 어디로 가는가. 인생은 그 답을 찾아 정처 없이 떠도는 여행이다. 대다수 청소년들의 고민 역시 '나는 앞으로 어디로 가야 할지 막막하다'는 것이다. 하지만 거기에는 정해진 정답이 없다. 남이 이끌어줄 수도 없으며 자기가 적극적으로 찾아야 한다. 남의 이야기를 들어서 뭐 하나? 그건 그 사람의 인생일 뿐이다. 내가 누군가를 따라 한다고 그 사람이 되는 것도 아니요, 그리되어서도 안 된다. 이는 곧 자기 철학의 필요성을 보여주는 것으로, 자기 철학의 부재 때문에 사람들은 늘 불안과 불행의 악순환에서 헤어 나오지 못한다.

사람들은 늘 바쁘다. 바쁠 때마다 스스로에게 물어봐야 한다.

"나 왜 바쁘지?"

이 물음의 핵심은 현재 자기 자신에 대해 깨어 있으라는 것이다.

사람들은 늘 바쁘다.

바쁠 때마다 스스로에게 물어봐야 한다.

"나 왜 바쁘지?"

이 물음의 핵심은 현재 사기 자신에 대해 깨어 있으라는 것이디.

질문은 다양할 수 있다. "너 누구니?"라고 할 수도 있고, "너 지금 좋아하는 거 하는 거 맞니?"라고 물을 수도 있다. "너 누구니?"라고 세 번만 물으면 대부분의 사람들은 대답이 궁색해진다. 자기가 자기를 모른다는 거다.

자기가 정말 좋아하고 궁금한 것을 탐구하는 것이 자기 인생이다. 지금까지 어떤 인생을 살았는가? 진정 자기 인생을 살았다고 할 수 있는가? 초, 중, 고등학교도 부모가 가라 했으니 갔고, 대학도 안 가면 안 될 것 같아서 갔고, 대학 가면 취직해야 됐고, 취직하면 결혼해야 됐고, 결혼하면 애 낳아야 됐고, 애 낳으면 또 키워야 됐고, 그 애 역시 학교에 보내야 됐고, 또 취직시켜야 됐고, 결혼시켜야 됐고, 손자 낳아야 됐고, 손자 봐줘야 됐다. 자기 철학이 없으면 사실 이것 말고는 없다. 시스템을 따라 그냥 쭉 흘러가는 것뿐이다.

그래서 "너 누구니?", "지금 어디로 가니?"라고 계속 물어봐야 한다. '모르는 것'을 우리는 '무지'라고 한다. 자기 철학이 없다면 우리 인생은 이렇게 무지 속에서 살아가는 것 말고는 없다. 굉장히 똑똑한 척하고 살지만 실제로는 허황되게 사는 것이다. 자기 철학, 이게 없으니까 인생이 괴롭고 한 치 앞도 못 본다. 모든 괴로움의 원인은 자기가 누군지, 뭘 좋아하는지, 어디로 가는지, 지금 무엇을 하는지도 모르는 것에서 비롯된다.

내가 이 길을 가는 게 남을 따라가는 건지, 내가 필요해서 가는 건지 늘 돌아봐야 한다. 저 사람이 하니까 나도 그냥 하는 게 아니라, 저 사람이 어떻든 내가 필요하면 하고, 모든 사람이 다 해도 내가 필요 없으면 안 하는 게 맞다. 눈치 볼 필요 없다. 남들 다 산다고 따라 샀다가 후회하고 투덜대거나 쓰지도 않으면서 창고에 넣어둘 필요 없잖은가.

실존적 자유 · 2

나는 보통 새벽 2~3시경에 잠
자리에 들어 아침 7~8시쯤이면 일어난다. 특별한 경우가 아니면 거
의 동일한 패턴이다. 집에 TV를 아예 없애버린 나로서는 자는 시간
외에 밥 먹고, 책 읽고, 음악 듣고, 음악 작업하는 것이 전부다. 아, 술
마시는 시간 추가!

강의 가는 날과 방송을 가는 날을 제외하면 아마도 내 하루 일과
의 패턴 예측 가능성은 99%일 듯하다. 앨버트 바라바시 교수가 연구
한 바에 따르면 인간의 패턴 예측 가능성은 놀랍게도 93%나 된다고
하는데, 나는 그 연구 결과에 수긍하는 편이다. 못 믿겠다면 오늘부
터 당장 당신의 하루 패턴을 기록해보라, 아마 깜짝 놀랄 것이다. 인
간은 자유의지를 가지고 있는 존재인데도 어느 정도 패턴 예측이 가
능하다는 것, 그것은 매우 매력적인 연구 결과다.

나는 현재 내 삶의 패턴이 내 인생을 통틀어 가장 만족스럽고, 이 상태 이대로가 가장 행복하다. 아마도 돈을 더 벌려고 하거나 일을 몇 개 더 하려고 덤빈다면 현재의 이 패턴은 유지하기 힘들 것이다. 이 패턴은 결국 '종속되지 않으려는 의지'의 산물이다. 인간이 진실로 원하는 것은 실용적 이익이 아니라 모든 대가를 지불하고라도 어떤 것에도 종속되지 않으려는 의지, 즉 자유이며 이는 곧 실존적 자유다.

밥 딜런은 "돈이 다 무슨 소용인가? 사람이 아침에 일어나고 밤에 잠자리에 들며 그사이에 하고 싶은 일을 한다면 그 사람은 성공한 것이다"라고 했다. 내가 정말 귀중하게 생각하는 것이 있다면 그것이 나 이외의 다른 이들에게는 아무 의미가 없는 경우라도 그 하나만을 위해서 모든 것을 걸 수 있는 삶, 나는 그런 삶을 살아왔고 앞으로도 그렇게 살 것이다.

인간이 진실로 원하는 것은 실용적 이익이 아니라
모든 대가를 지불하고라도 어떤 것에도 종속되지 않으려는 의지,
즉 자유이며 이는 곧 실존적 자유다.

시간 부자

한 조사에서 사람들에게 중요하다고 생각하는 것에 순위를 매겨달라고 부탁했는데, 그중 68%가 자유시간이 매우 중요하다고 대답했다. 시간적 풍요, 즉 시간을 누리는 것이 성공적인 경력을 갖는 것보다 더 중요하다는 것이다(참고로 아빠와 자녀가 하루 동안 함께하는 시간이 스웨덴은 평균 5시간, 한국은 평균 6분이라고 한다).

컨설턴트가 멕시코의 작은 마을에 사는 어부에게 조언을 해주는 이야기가 있다. 어부는 고기를 따 먹을 만큼만 잡고 나머지 시간은 낮잠을 즐기고 행복한 시간을 누리며 사는 시간 부자였다. 그러나 컨설턴트는 어부에게 대출을 받아 어선을 더 많이 사라고 권한다. 컨설턴트의 관점에서 보면 뉴욕 주식 시장에 상장될 때까지 어부의 사업은 계속 확장되어야 했다. 그러는 동안 어부의 시간은 미하엘 엔데의

《모모》에 나오는 시간을 빼앗긴 사람들처럼 온데간데없이 사라질 것이며, 쳇바퀴 돌듯이 매일 바쁘게 살아가야 할 것이다. 어부의 하루는 점점 더 짧아질 것이며, 삶은 바빠지고, 친구들의 이야기를 들을 시간도 없어질 것이다. 컨설턴트에게는 돈과 지위를 위해 상장이 필요하겠지만, 어부에게는 그게 필요 없었다. 어부는 행복을 위해 평소와 다름없는 시간적 풍요가 필요할 뿐이었다.

사람은 저마다 추구하는 가치가 다르다. 컨설턴트에게는 수십만 평의 대저택과 전용 헬기, 몇십억 원의 슈퍼카가 필요하겠지만, 어부는 아니었다. 어부는 있는 차도 잘 안 끌고 다니는 사람이었다. 하지만 어부는 비록 천천히 가도 뒤로는 가지 않았다.

성공의 정의는 '하고자 하는 바를 이룸'이다. 하고 싶은 일을 하고 있고 여전히 즐겁다면 그것으로 된 것이다. 다산 정약용도 《어사재기》에서 "천하에 지금 누리는 것보다 더 즐거운 것은 없다"라고 했다. 그리고 "내게 없는 물건을 '저것'이라 한다. 내게 있는 것은 '이것'이라 한다. 지구는 둥글고 사방 땅덩어리는 평평하다. 천하에 내가 앉아 있는 곳보다 높은 곳이 없다. 그런데도 백성들은 자꾸만 곤륜산을 오르고 형산과 곽산을 오르면서 높은 것을 구한다. 가버린 것은 좇을 수 없고 장차 올 것은 기약하지 못한다. 천하에 지금 눈앞의 처지만큼 즐거운 것이 없다. 하지만 백성들은 오히려 높은 집과 큰 수레에 목말라하고 논밭에 애태우며 즐거움을 찾는다. 땀을 뻘뻘 흘리고 가쁜 숨을 내쉬면서 죽을 때까지 미혹을 못 떨치고 오로지 '저것'만을 바란다. 하여 '이것'이 누릴 만한 것임을 잊은 지가 오래되었다"라고 하였다.

성공의 정의는 '하고자 하는 바를 이룸'이다.
하고 싶은 일을 하고 있고 여전히 즐겁다면
그것으로 된 것이디.

"나는 오늘 하루를 나의 특별하면서도 평범한 마지막 날이라고 생각하며 온전하고 즐겁게 매일을 지내려 노력한다. 우리는 인생의 하루하루를 함께 시간 여행을 한다. 우리가 할 수 있는 최선은 이 멋진 여행을 즐기는 것뿐이다."
_영화 〈어바웃 타임〉

미니멀리즘

얼마 전부터 집 안의 물건들을 대대적으로 없애기 시작했다. 이른바 '미니멀리즘'을 실천에 옮기기로 한 것이다. 단순하고 최소한의 것을 추구하는 미니멀리즘은 '이것으로는 부족해'가 아니라 '이것이면 충분해' 정신이며 빡빡한 시간, 수많은 계약과 제약, 끝없는 욕심 등으로부터 벗어나려는 몸부림이다. 이는 단순한 정리정돈이 아니라, 내 주변에 내가 정말 좋아하는 것과 인생에 가치를 부여하는 것만 남기려는 삶의 태도이다.

'단순화'를 실전해야 '효율화'가 가능하다. 현새 우리는 정보의 홍수 시대를 살면서 너무나 많은 선택지를 갖고 있어서 오히려 의사 결정 횟수가 증가하고 그 결과 의사 결정의 질이 낮아진다. 선택지는 증가하지만 판단의 피로감이 증가하는 상황이다. 나는 계속 덜어내고, 버리고, 비우고 있다. 성취와 소유에 쫓겨 정신없이 흘러가는 삶

진실한 친구는 몇 명이면 충분하다.
그 외에 꼭 필요한 사람들하고만 예의를 지키는 인간관계를 맺고,
물건에 대한 집착과 사람에 대한 집착을 버리고 나니
생각도, 삶도 단순해지는 것 같다.

이 아니라, 쓸데없는 것을 비워가면서 가치 있고 홀가분한 삶을 영위하려고 한다. 꼭 필요한 것만 갖고 그것에서 즐거움을 찾다 보면, 더 적게 가짐으로써 더 풍요롭게 누리는 삶의 역설을 맛보게 된다.

스트레스의 큰 원인 중 하나는 사실 인간관계다. 인간관계에서 지나치게 넘치는 것, 복잡한 것이야말로 괴로움의 원천이다. 진실한 친구는 몇 명이면 충분하다. 그 외에 꼭 필요한 사람들하고만 예의를 지키는 인간관계를 맺고 물건에 대한 집착과 사람에 대한 집착을 버리고 나니 생각도, 삶도 단순해지는 것 같다.

비우기의 최고 경지는 '내려놓기'다. 욕심과 집착을 내려놓다 보면 불필요한 인간관계, 걱정, 식욕 등 비워야 할 대상은 마음먹기에 따라 무한히 확장된다. 이런 군더더기 없는 삶은 하나의 진리만을 오롯이 남긴다. 우리가 진정 가질 수 있는 유일한 것은 지금 앞에 주어진 매순간뿐이라는 것.

미니멀리스트의 가장 중요한 첫걸음은 자신이 '선택권을 가지고 있다는 사실'을 자각하는 것이다. 많은 사람들이 주어진 환경에 쫓기느라 자신의 선택권을 망각하고 시키는 대로 살고 있다. 자신이 선택하는 삶을 살지 않으면 남이 선택해주는 삶을 살아야 한다.

억지로 채우지 않고 일상의 소소한 것에 즐거움을 누리려면 자유로워야 한다. 자유로우려면 어깨에 너무 무거운 짐을 얹지 말아야 한다. 완벽함이란 더 이상 보탤 것이 없을 때가 아니라 더 이상 뺄 것이 없을 때, 소중히 다룰 수 있는 적당량만 가질 때, 설레지 않는 물건과 설레지 않는 사람은 모두 다 버릴 때, 매몰 비용을 고려하지 말고 과감하게 포기할 때, 실패를 인정하고 다음을 기약할 때 완성된다.

화

인간은 지속적으로 화가 나는 관계에 노출되면 뇌의 회로가 바뀐다고 한다. 나쁜 관계를 반복하면 부정적인 신경 형성이 만들어지고, 좋은 관계를 반복하면 긍정적인 신경 형성이 만들어진다. 이것은 타자와의 마주침의 연속인 우리 삶에서 필연적으로 나타날 수밖에 없는 현상인데, 남녀 간의 연애에서도 마찬가지다. 남자건 여자건 나쁜 연인과 지속적 만남을 가졌던 사람의 뇌는 연애를 하는 동안 부정적인 신경 회로가 형성되어 정신적, 신체적으로 최악의 상태가 된다.

사람들은 화를 '어떤 상황으로 인해 발생하는 것'으로 생각하는데, 정작 화는 타인이 자신에게 행하는 어떤 상황에 대한 '자신의 반응'이다. 그러니 쉽지는 않겠지만 화가 나는 상황을 화로써 반응하지 않으면 된다. 그런 의미에서 '사리푸타 존자' 같은 사람은 내게 진정

존경스러운 사람이다. 화를 내는지 안 내는지 테스트해보기 위해 어느 무뢰한이 그를 쫓아가 뒤통수를 후려갈겼는데도 그는 화는커녕 '맞았다'는 사실 자체를 인식하지도 않았다. 화는 맹독이며, 화를 내면 나쁜 호르몬이 몸을 파괴한다는 것은 모두가 알고 있는 사실이다.

'화'라는 것은 기본적으로 남을 용서하지 못하기 때문에 발생되는 감정일 것이다. 남을 용서한다는 것은 내가 선하기 때문이 아니라, 나도 용서받아야 할 사람이라는 기본 전제가 되어 있어야만 가능하다. 우리는 지난날을 돌아보며 남몰래 저지른 수많은 수치스러운 일들, 악한 행위들 그리고 마음에 품었던 부끄러운 것들을 기억해야만 한다. 그래야만 남을 용서할 수 있으며 분노와 화로부터 해방될 수 있다. 용서는 따지고 보면 남을 위한 것이 아니라 자기를 위한 것이다. 우리는 용서를 통해 인격적으로, 정신적으로 건강해진다. 용서하지 않고 남을 증오하고 저주한다는 것은 자기를 괴롭히고 편협하게 만들 뿐이다.

그 옛날의 한신은 초나라 왕이 되었을 때, 오래전 자신을 가랑이 밑으로 지나가게 했던 불량배를 다시 만났다. 그런데 모두의 예상과 달리 한신은 그 불량배를 경비병으로 삼으면서 이렇게 말했다.

"그 시장 바닥에서 나는 마음만 먹으면 그를 죽일 수도 있었다. 하지만 순간의 분을 참지 못했다면 나는 살인자가 되었을 것이다. 그로부터 받은 모욕이 나로 하여금 겸손함과 신중한 처신을 일깨워주었다. 오늘날 내가 공을 이룬 것은 그 일이 시작이다."

화를 다스리기 위해서는 지혜가 필요하다. 지혜와 궁합이 맞는 것은 곧 웃음이다. 사람들은 요즘 웃음을 잊고 산다. 화와 웃음은 양립하지 않기에 화를 내지 않으려면 웃기만 해도 된다. 마키아벨리는 《군주론》에서 군주의 그릇 크기는 자신보다 똑똑한 부하가 몇 명 있느냐에 달려 있다고 했다. 군주가 화를 내거나 독재를 휘두르면 그다음부터 아랫사람은 쓴소리를 더 이상 하지 않게 된다. 또한 《손자병법》에서는 '화를 내는 장수 밑에 있는 병사들은 게으르다'고 했다. 화를 내는 장수 아래에서는 병사들이 눈치를 보며 시키는 일만 하게 되고 최소의 역할만 수행하게 된다. 이렇듯 '화'는 존재와 존재 사이의 소통을 단절시킨다.

적당한 결핍

당신은 무엇이 없는가? 그리고 그것이 없어서 현재 불행하다고 느끼는가? 하지만 그것이 있다고, 그것을 가졌다고 해서 불행해지지 않을 거라는 법 역시 없다. 사실 불행해지는 방법에는 두 가지가 있는데, 원하는 것을 갖지 못하는 것 그리고 원하는 것을 모두 갖는 것이다. 적당한 결핍은 우리에게 독보다는 득이 된다.

나는 욕심이 없다. 욕심을 버렸다. 욕심을 버리니 세상이 내게로 왔다. 살면서 항상 이기는 것은 불가능하다. 이긴다는 것은 지속 가능한 일이 아니다. 그렇기 때문에 이기는 법이 아니라 지지 않는 법과 '잘' 지는 법을 익혀야 한다. 유도를 배울 때, 가장 먼저 익히는 건 낙법 아니던가? 지는 법과 잃는 법을 익힌다면 세상을 유유자적 살아가는 데 확실히 도움이 된다.

그들은 가슴 뛰는 일을 하지 않으면

마치 실패자인 것처럼 말한다.

하지만 현실적으로 이 세상 모두가

가슴 뛰는 일을 직업으로 가질 수 있는 걸까?

나는 본업인 음악 이외에 글을 쓰거나 강연을 다니는 등의 부업을 갖고 있는데, 중학생이나 고등학생을 대상으로 하는 강연에서는 다음과 같은 질문을 자주 던진다.

"여러분은 꿈이 뭐예요?"

이렇게 물으면 꼭 몇 명은 시무룩해져서 "저는 특별히 뭐가 꿈인지 모르겠어요"라고 대답한다. 시무룩해질 필요 없다. 특별히 좋아하는 게 없어도 된다. 아니, 오히려 그게 더 좋을 수도 있다. 고민하지 마라. 특별히 좋아하는 게 있는 사람이 만약 형편 때문에, 또는 실력 부족 등으로 그것을 못하게 되었거나 그 분야에서 성공하지 못했을 때 찾아드는 엄청난 고통과 번뇌는 상상 이상이다. 특별히 좋아하는 게 없다는 것은 다른 말로 하면 아무거나 해도 된다는 것이다. 그만큼 선택의 폭이 넓다는 말이다. 예를 들어, 고기반찬을 '특별히' 좋아하는 사람은 고기반찬을 못 먹게 되면 반드시 화가 나고 슬퍼하고 실망하게 될 것이다. 반면에 특별히 좋아하는 반찬이 없다면 아무거나 먹으면 된다. 그러다가 미처 내가 모르고 있던 내가 좋아하는 반찬을 찾을 수도 있다.

꿈을 이루는 것만이 꼭 좋은 것은 아니다. 세상 사람 모두가 자기의 꿈을 이루게 된다면 이 세상은 어떤 모습이 될까? 모든 사람들의 꿈이 이루어질 수도 없지만, 만약 모든 사람들의 꿈이 이루어진다면 아마 이 세상은 엉망이 될 것이다. 우리 주위에는 꿈을 이룬 사람들보다는, 먹고살려다 보니 어쩔 수 없이 자기의 꿈이 아닌 다른 직업을 갖게 된 경우가 더 많다. 그리고 그들이 그 일을 하는 것은 특별한 소명 의식 때문이 아니라 사람들에게 어쨌든 반드시 필요한 일이고,

도움을 주는 일이며 누군가는 해야 하는 일이기 때문이다.

꼭 꿈을 직업으로만 이뤄야 하는 걸까? 소위 자기계발서라는 책의 저자들은 항상 말한다.

"가슴 뛰는 일을 해라!"

그리고 그들은 가슴 뛰는 일을 하지 않으면 마치 실패자인 것처럼 말한다. 하지만 현실적으로 이 세상 모두가 가슴 뛰는 일을 직업으로 가질 수 있는 걸까? 누구나 박찬호 같은 야구 선수가 되고, 송강호 같은 배우가 될 수 있는 걸까? 자신의 꿈을 직업으로 이룬 사람은 생각보다 많지 않다. 그리고 꿈을 직업으로 이루었다고 해서 꼭 행복한 것도 아니다. 왜냐하면 내가 좋아하는 것을 반드시 해야 한다는, 또는 일련의 성과를 이뤄내야 한다는 강박이 자기를 망치기도 하기 때문이다. 우리 주변을 조금만 둘러봐도 가슴 두근거리는 꿈을 자기 직업으로 가진 사람들의 불행을 얼마든지 발견할 수 있다. 가장 중요한 것은 자기가 해야 하는 일에서 의미를 발견하고 그것을 좋아하려는 노력이다.

좋아하는 일과 잘하는 일 중 어느 것을 직업으로 선택해야 하냐고 묻는 학생들에게 나는 '잘하는 일'을 하라고 말해주고 싶다. 시간은 많은 것을 바꾼다. 잘하는 것을 오래 반복하면 점점 더 잘하게 되어 더 많은 기회를 얻게 된다. 자신의 꿈을 직업적인 성취로 이루지 못했다고, 꿈이 없다고 좌절할 필요는 없다.

상처를 피하는 법

　　　　　　　　　　　　　타자는 나의 영역을 초과하는 대상이다. 타자는 내가 알 수 있는 대상이나 영역이 아니므로 무한에 대응하는 존재다. 우리가 타인에 대해 함부로 정의하고 판단하고 규정하는 순간 갈등은 시작된다. '갈'은 '칡', '등'은 '등나무'를 의미한다. 칡과 등나무가 어지럽게 얽혀 있는 형상. 그러니 그 사람이 무엇을 하든, 어떤 생각을 하든 재단하지 말고, 바꾸려 하지 말고 그냥 내버려두어야 한다. 그것이 선과 악의 문제라면 법의 심판을 받을 것이고, 선과 악을 넘어서서 개인의 '좋음'과 '나쁨'에 관계된 것이라면 일체 관여하지 않는 것, 그것이 우리가 타인으로부터 상처받지 않는 출발점이 될 것이다.

　나에게는 음악이 '좋은 것'일 수 있지만 어떤 이에게는 '나쁜 것'일 수 있으며 이것은 선과 악의 문제와는 다른 차원의 것이다. 따지고 보면 나 또한 타인에게 (의도하지는 않았더라도) 수없이 상처주고 살았을지도 모를 일이다. 우리가 받는 무수한 상처들은 사실 우리가 어떻게 받아들이느냐에 달려 있는 것이다. 누가 나에게 금을 주었을 때, 그것을 받으면 내 것이 되지만 그것을 그 사람에게 되돌려주면 다시 그 사람 것이 되듯이, 인간관계에서 생겨나는 그 어떤 상황도 마찬가지다. 내가 안 받으면 된다.

우리는 타인이 나의 생각이나 행위에 동의할지 동의하지 않을지 알 수 없다. 나의 어떤 상황에 따라 타인, 즉 타자가 그것을 용인할 수 있을지의 여부는 오직 타자와의 만남 혹은 부딪힘이라는 사건을 통해서만 사후적으로 경험되는 일이지 타자의 개입을 배제하고 나 혼자 미리 알 수는 없다. 이처럼 자의적으로 판단 불가능한 타자에 대해 동일자의 논리를 강제하는 (자의적 논리로 타인의 생각이나 행동을 판단하는 행위와 같은) 것은 타자에 대한 동일자의 폭력이 될 수 있다. '나만 맞고 다른 사람은 틀리다'의 프레임이 바로 그거다.

사람들의 생각은 다 다르다. 선과 악의 문제가 아닌 이상, 내가 받을 상처를 피하는 길은 내버려두는 것이다. 더 중요한 것은 나 역시 어떠한 방식이 되었든 남에게 알게 모르게 상처를 주지는 않았는지 늘 자기를 돌아봐야 한다는 것이다.
세상의 기준이 곧 내 기준은 아니다. 우리가 절대 불멸의 진실이라고 믿는 과학 역시 천재들이 만든 복잡한 이론이라 영원할 것 같지만 누군가 오류를 발견하면 그 이론은 곧바로 허물어진다. 토머스 쿤이 말한 패러다임의 전환이 말해주듯 과학

사람들의 생각은 다 다르다.

선과 악의 문제가 아닌 이상, 내가 받을 상처를 피하는 길은

내버려두는 것이다.

도 일시적인 진실일 뿐이다. 그 어떤 것에도 흔들리지 않는 절대 진리는 사실 죽음밖에 없다. 퓌론은 모든 명제는 똑같은 진릿값을 가지면서도 그와 정반대인 명제를 대립시킬 수 있다는 '대립 명제 등가성'을 주장했다. 그러니 판단 중지를 통해 절대 진리에 중립적이어야 한다는 것이 그의 생각이었다. 나는 그의 생각에 동의한다.

인정 투쟁

　　　　　　　　　　　　　윌리엄 제임스, 존 듀이, 지그문
트 프로이트. 이 세 사람이 공통적으로 이야기한 것은 바로 '인간 행
동의 첫 번째 동기는 남들로부터 인정받으려는 욕망'이라는 것이다.
우리는 날마다 자신을 돋보이게 할 이런저런 수단을 찾는다. '중요한
인물이 되고 싶다'라는 욕망과 '상대방에게 인정받고 싶은 기대감'은
인간과 동물을 구별 짓는 경계선이었으며, 인류의 문명은 이런 인간
의 욕망에 의해 발전되어왔다고 해도 과언이 아니다.

　인간이라면 누구나 주위 사람들로부터 인정받기를 원한다. 또한
자기가 중요한 존재라는 사실을 느끼고 싶어 한다. 이처럼 주위 사람
들에게 '진정한 인정과 아낌없는 칭찬'을 받고 싶은 것은 인간의 공
통된 마음이다. '칭찬받기를 원하면 먼저 칭찬부터 하라'는 법칙이
중요한 이유는 바로 여기에 있다. 찰스 디킨스가 위대한 작품을 남기

게 된 것도, 록펠러가 막대한 부를 축적하게 된 것도 모두가 '위대해 지려는 욕망'에서 비롯된 것이다. 이 '위대해지려는 욕망'은 다시 말 하면 자기 자신의 중요성에 대한 욕구다.

프랜시스 후쿠야마 역시 《역사의 종말》에서 인류 보편사의 흐름 에 기여한 것이 무엇인가에서 경제 발달과 '인정받으려는 본성'을 들 었다. 이 개념은 원래 헤겔로부터 나온 것으로 헤겔은 역사의 진행 과정이 '인정 투쟁'이라고 주장했는데, 프랜시스 후쿠야마는 이를 우 월 원망과 대등 원망으로 세분한다. 우월 원망은 '본인이 다른 사람 보다 뛰어난 인간인 것을 인지시키고자 하는 욕구'이고 대등 원망은 '본인이 타인에 비해 뒤떨어지지 않는다는 것을 인지시키고자 하는 욕구'를 말한다. 많은 재산을 가지고 있는 사람이 더 많은 재산을 가 지고자 하는 것은 사실 남들에게 선망의 대상이 되고 싶어서이다. 이 는 곧 남들의 인정을 받고 싶어 하고, 선망의 대상이 되고 싶어 하는 우월 원망의 심리에서 나오는 것이다. 반대로 친구가 명품을 사니까 나도 따라 하는 방식은 대등 원망의 심리에서 나오는 것이다. 어떻든 간에 이는 모두 남의 시선이나 평가를 의식하는 것에서부터 출발한 다. 이것이 지나쳐 자기 능력에 비해 버거운 지위를 유지하려 애쓰고 자기 수준에서 벗어나는 큰 집에 살면서 힘들어하고, 번 돈의 대부분 을 명품 구입에 사용하거나 고급 차를 사서 매월 할부금에 시달리는 것도 모두 남의 눈을 의식하기 때문이다.

쇼펜하우어는 남이 자기를 판단해주는 기준에 따라 사는 사람은 결국 이웃의 노예에 불과하다고 하였다. 그는 남의 평가를 중요하게 여기는 관습의 노예에서 벗어나야 한다고 하면서 지나친 인정의 욕구나 명예욕은 자신의 불행을 자초한다고 강조한다. 우리들의 고뇌와 번민, 불안과 초조의 대부분은 '다른 사람이 나를 어떻게 생각할까' 하는 걱정에서 나온다. 자신의 행복을 자신에게서 찾지 못하고 제3자인 남에게서 찾거나 의존하려는 사람들은 불행할 수밖에 없다. 우리의 목표는 행복하게 사는 것이지 많이 가지려고 사는 것이 아니다.

> 쇼펜하우어의 기준처럼 행복한 노후, 불행한 노후가 노후 자금의 규모에 따라 달라지는 것이 아니라 정신적 능력의 크기에 의해 좌우된다면 노후 비용 산정에 필요한 경비는 책을 사는 경비, 친구들과 세상에 대해 논하며 마시는 막걸리 값, 대자연을 바라보며 사유할 수 있을 정도의 최소한의 생활 수준, 다른 사람의 이야기를 들을 수 있는 마음의 여유면 충분하다.

세 번째 이야기 ─

함께 살아가기

페미니즘과 페미니스트

내가 어디다 대놓고 페미니스트라고, 페미니즘은 이런 것이라고 떠벌리지 않는 이유는 두 가지다. 첫째는, 내가 아직 페미니즘에 대하여 잘 모른다. 무지를 인정하기에 감히 어디다 대고 얘기하고 다닐 처지가 못 된다. 둘째는, 여성들 앞에서 페미니스트라고 말하는 그 자체도 미안해서이다. 최소한의 지성을 가진 자라면 역사적으로 여성들이 겪어온, 또는 현재 진행형으로 겪고 있는 숱한 차별적 상황과 구조들이 굳이 말하지 않더라도 눈에 보이기 마련이다. 이런 상황을 인지하고 있는 나로서는 남자라는 이유로 그저 여성들에게 미안할 따름이다.

나는 1975년에 경남 하동에서 태어났다. 1975년생인 나와 동갑내기가 될 수 있었던 수많은 여자아이들이 단지 '여자'라는 이유만으로 얼마나 많이 낙태를 당했을까? 하지만 용케 이 세상에 태어났어

긴 역사를 통해 끈질기게 용인되어온
남녀 간의 불합리한 차별을 타파하기 위해 무엇이 되었든
몸소 실천하려는 것이 페미니즘일 것이다.

도 그들이 '여자'라는 이유로 겪어야 하는 수많은 차별적이고 불합리한 상황들이 너무 많다는 것을 생각하면 참 가슴이 답답하다.

어쩌면 우리의 여동생, 누나, 어머니는 지금도 자기 인생을 오롯이 살지 못한 채, 온통 남자 위주로 치밀하게 짜인 사회 구조 속에서 암묵적으로 강요된 희생에 힘들어하고 있을지도 모른다. 이것을 불쌍하게 여기고 안쓰럽게 여기는 데 그치는 것이 아니라, 긴 역사를 통해 끈질기게 용인되어온 남녀 간의 불합리한 차별을 타파하기 위해 무엇이 되었든 몸소 실천하려는 것이 페미니즘일 것이다.

단지 '남자라는 이유만으로' 받아온 이유 없는 사랑과 차별적 사랑에 대한 인지가 있다면, 직접 행동하지는 않더라도 최소한 차별당해온 여자들에게 미안한 마음이라도 가져야 하지 않을까. 여자라는 이유로 이 세상에 태어나지도 못한, 또는 여자라는 이유로 온갖 위험과 위협과 부조리를 느끼면서 살아야 하는, 평생에 걸쳐 차별과 부당함을 온몸으로 버텨내야 하는 여자들에게 말이다.

지랄 총량의 법칙

사람은 누구나 자기 자신에게는 관대하다. 자기의 잘못을 잘 인정하지 않으려 하며 웬만해서는 잘못한 일도 그냥 슬쩍 넘어가려고 한다. 그러면서 남의 잘못은 못 봐주는 이중적인 잣대를 갖고 있다. 어차피 사람은 완벽하지 않은 존재라 실수는 필연이라 해도, 자신에게 엄중한 사람은 잘못을 그냥 넘기지 않는다. 반드시 반성하고 돌이켜 두 번 다시 잘못을 하지 않으려고 노력한다. "자신에게 엄중하고 상대에게는 관대하라"는 노자의 말을 항상 기억히지.

모든 인간에게는 일생 동안 쓰고 죽어야 하는 '지랄의 총량'이라는 게 정해져 있다. 젊었을 때 그것을 다 쓰고 얌전히 사는 사람이 있는가 하면, 뒤늦게 찾아온 지랄을 주체하지 못해 나이 들어 여러 가지 지랄 증상을 보이는 사람들도 있다. 이것이 '지랄 총량의 법칙'이다.

인간이 지향하는 최후의 선은 존재에 대한 사랑이다.

인간이 하는 모든 일은 인간을 떠나서는 존재할 수 없다.

2018년, 마흔네 살이 되는 나는 내 인생의 지랄을 10대, 20대, 30대에 골고루 나누어 모두 다 소진해버렸다. 고로 인생을 살아오면서 겸손하지 못했던 지난 시절이 가장 부끄럽다. 이제는 그런 부끄러움을 되풀이하지 않기 위해, 오롯이 나 자신의 수양을 위해 깨어나서부터 잠들기 직전까지 쉼 없이 글을 읽고 사색하려 노력한다. 이 책을 쓰면서 '나는 아직도 많이 부족한 사람이며 더 많은 것을 배우고 더 많은 것을 익혀야 한다'는 사실을 자각한다.

모든 사람들이 사랑과 존중이라는 두 가지 핵심 키워드를 바탕으로 삼는다면 얼마나 좋을까. 인간이 지향하는 최후의 선은 존재에 대한 사랑이다. 모두가 바라고 꿈꾸며 희망하는 세상, 존재한다는 그 자체만으로도 존중받고 사랑받고 이해받는 것. 사랑받는 사람보다는 사랑을 주는 사람이 되어야 하고 존중받으려고 하기보다는 우선 존중하는 사람이 되어야 한다.

편견은 인간관계를 가로막는 불신의 벽이다. 현재 우리 사회는 각 계층 간의 소통 단절로 심한 갈등을 겪고 있다. 서로를 질책하고, 억압하고, 공격하는 등 남 탓의 과잉으로 사회적 몸살을 앓고 있다. 아무리 좋은 능력과 재능을 가졌다 하더라도 덕이 없고 편견에 매여 있으면 한계에 부딪히게 되고 사람들이 점점 곁에서 떠나간다. 인간이 하는 모든 일은 인간을 떠나서는 존재할 수 없다.

관중은 "나를 낳은 것은 부모님이지만, 나를 알아준 것은 포숙아다"라고 말했고, 볼테르는 "나는 당신의 의견에는 동의하지 않지만, 당신이 그것으로 인해 탄압을 받는다면 당신을 위해 싸우겠다"라고 말했다. 관중과 볼테르는 상황은 다르지만 둘 다 상대방을 가볍게 여기지 않았다. 이것이 편견 없는 존중이다.

소외

　　　　　　세 모녀가 나란히 누워 숨졌다는 기사가 났다. 머리맡에는 흰 봉투가 가지런히 놓여 있었다고 한다. '주인아주머니께 죄송합니다. 마지막 집세와 공과금입니다'라고 적힌 봉투에는 현금 70만 원이 들어 있었단다. 불과 며칠 전까지도 우리 모두의 이웃으로 살아가던 이들이다.

　　그들은 사회로부터 '소외'되고 말았다.

　　카프카의 소설 《변신》에서 부모님과 여동생을 부양하던 그레고르는 어느 날 아침, 자신이 벌레로 변해 있는 것을 발견한다. 가족들이 태도는 돌변한다. 가족들에게 다가가려는 그레고르의 시도는 오히려 역효과를 가져와 더 큰 상처만 받고 결국 먼지만이 가득한 방에서 쓸쓸하게 굶어죽는다. 가족들은 비로소 더러운 벌레로부터 해방되었다고 느끼며 안도한다.

190

그레고르는 '소외'되고 말았다.

영화 〈밀리언 달러 베이비〉에서 주인공 매기가 권투 중 척추 손상으로 전신마비가 되자, 그녀의 가족들은 디즈니랜드를 구경하고 와서는 그녀의 마비된 손을 강제로 움직여 사인을 하게 한 다음 상금을 가로챈다.

매기는 '소외'되고 말았다.

미치 앨봄의 《천국에서 만난 다섯 사람》에서 주인공 에디는 평생을 조그만 놀이 공원에서 놀이 기구 정비공으로 일했다. 그러던 어느 날, 에디는 불의의 사고로 죽게 되고 죽은 뒤 처음 만난 파란 사내에게서 충격적인 이야기를 듣는다. 그 사내가 자기 때문에 죽었다는 것이다. 에디가 일곱 살 때 공을 주우려고 차도에 뛰어들었는데, 그때 차를 몰고 가던 파란 사내가 에디를 피하려다가 트럭을 들이받고 결국 죽은 거였다. 에디는 죽은 파란 사내를 보며 말한다.

"내 어리석음 때문에 왜 당신이 죽어야 했단 말이오? 이건 공평치 않아요."

그러자 파란 사내는 말한다.

"삶과 죽음에는 공평함이 없어요. 내가 지상에서 살 때, 다른 사람들도 나 대신 죽었어요. 매일 그런 일이 일어나지요."

그럼에도 이해할 수 없다는 에디에게 파란 사내는 말한다. 타인이란 아직 미처 만나지 못한 가족이라고, 한 사람의 인생을 다른 사람의 인생에서 결코 떼어놓을 수 없다고.

우리는 살아 있다는 자체만으로도 폭력적이다.
물리적 폭력은 물론이요, 무심코 내뱉은 말 한마디로도
타인에게 안겨줄 수 있는 충격은 엄청나다.

세상 사람 모두가 서로 연결되어 있다는 사실을 우리가 진지하게 인지한다면, 그래서 고의가 아니더라도 서로에게 피해를 입힐 수 있다는 것을 안다면, 서로를 좀 더 조심스럽고 따뜻하게 바라볼 수 있을 것이다. 우리는 살아 있다는 자체만으로도 폭력적이다. 물리적 폭력은 물론이요, 무심코 내뱉은 말 한마디로도 타인에게 안겨줄 수 있는 충격은 엄청나다. 지금 이 순간, 나도 모르게 누군가를 '소외'시키고 있지는 않은지 한번 돌아볼 필요가 있다.

늦바람

　　　　　　　　　　　　　일의 조짐, 또는 먼저 보이는 낌
새 등을 뜻하는 우리말인 '늦'. 고전을 읽는 자들의 공통된 바람은 아
마도 늦바람, 즉 '늦에 대한 바람(wish)'이 아닐까? 인류 수천 년 역사
는 온갖 격변으로 가득했지만 딱 하나의 상수가 있었는데, 바로 인간
그 자체이다. 우리의 도구와 제도는 고대와 전혀 다르지만, 한껏 잘
난 척하며 살아봤자 인간 마음의 심층 구조는 그때나 지금이나 같다.
　　우리는 고전을 통해 우리 자신의 모습을 발견한다. 우리가 고전을
읽는 목적은 바로 '온고지신'과 '법고창신'이 아닐까? 온(溫)은 '따뜻
할 온'이지만 '온고지신'에서는 '학습할 온'이다. 법(法)은 '법 법'이지
만 '법고창신'에서는 '본받을 법'이다. '옛것을 학습하여 새로움을 알
고, 옛것을 본받아 새로움을 만든다'를 세 글자로 바꾸면 결국 '늦바
람'이다.

일찍이 우리 선조들은 달이 차고 기우는 것을 통해 '변화'가 우주의 본질인 것을 깨달았다. 음의 기운이 다하면 양의 기운으로 변하고, 양의 기운이 다하면 다시 음의 기운으로 변한다. 가수 황정자가 노래한 〈노랫가락 차차차〉는 이러한 자연의 이치를 담은 노래다. '노세노세 젊어서 놀아/늙어지면은 못 노나니/화무는 십일홍이요/달도 차면 기우나니라.' 겸손해야 한다. 영원한 승자도 없고, 영원한 패자도 없다. 타인과의 공존을 모색하지 않고 아등바등 짓밟으며 살아봤자 결국 자연의 이치를 벗어날 수 없는 것이 한없이 약한 인간이라는 존재다.

'물극필반(物極必反)', 즉 사물의 전개가 극에 달하면 반드시 반전한다. 보름달도 하루만 지나면 이지러지기 시작하고 아무리 달집을 크게 만들어도 나중에는 재만 남는다. 지혜로운 자라면 쇠망의 시기에 흥성의 때를 준비하고, 흥성할 때 쇠망의 조짐, 즉 늦을 읽어낼 것이다. 지혜가 지식과 다른 점은 바로 여기에 있다.

'궁즉변(窮卽變)', 무엇이든 궁극에 이르면 변화한다. '변즉통(變卽通)', 겨울이 가고 봄이 오는 것처럼 궁극에 이르면 해답이 나타난다. '통즉구(通卽久)', 통이 새로운 국면으로 전환되어 안정을 찾는 단계이며, 평화가 지속되는 단계이다. 이 단계가 되면 사람들은 언제까지나 안락이 이어질 줄 알고 관성에 젖어든다. 그리하여 다시 궁의 상태로 이어진다. 이렇듯 세상 만물은 끝없이 변한다.

'제행무상', 모든 존재의 근본 양상은 변화다. 십 년 가는 권력 없고, 열흘 붉은 꽃이 없다. 밤이 새면 낮이 오고 겨울이 가면 봄이 온다. 이러한 질서로 인해 천지자연이 유지되고, 인간과 세상 만물이 존재할 수 있다. 우리 몸속에 피가 순환하는 것을 비롯하여 계절의 순환, 1년 12달의 순환, 일주일의 순환, 바닷물의 밀물과 썰물의 순환 등은 세상의 기본 원리이다. 생물도 탄생 주기가 있고, 사업도 잘되는 주기가 있으며, 우리 인생도 운명의 주기가 있다. 세상은 혼자 사는 게 아니라 얽혀 있다. 겸손해야 한다. 늦을 알아야 한다.

공생과 포용력

세상은 혼자 살아가는 것이 아니라 관계, 즉 인연 속에서 업을 쌓으며 함께 살아가는 것이다. 진화론적으로 들여다보아도 생명체들은 서로를 죽이는 것이 아니라 협력을 통해 증식하고 번영해왔다는 것을 알 수 있다. 그러므로 '저 사람을 죽여야 내가 저 자리에 올라간다'라는 생각이야말로 어리석은 생각이다. 공생이 없었다면 미토콘드리아도 없었을 것이며, 미토콘드리아의 연합이 없었다면 우리는 존재할 수 없었다. 중요한 것은 서로 다른 것들이 합쳐져서 새로운 것을 만들어냈다는 사실이다. 이것이 바로 포용의 파워다.

지성에서는 그리스인보다 못하고, 체력에서는 게르만인보다 못하고, 경제력에서는 카르타고인보다 뒤떨어지는 것이 로마인이라고 로마인들 스스로 인정하고 있었다. 그런데도 왜 로마인들은 그토록 번영할 수 있었을까? 플루타르코스는 《영웅전》에서, 로마인의 포용력에 대해 '패자조차 자기들에게 동화시키는 이 방식만큼 로마의 강대화에 이바지한 것은 없다'라고 서술했다.

그리스는 서양 문명의 발상지로 민주 정치의 꽃을 피웠지만 제국을 이루지는 못했다. 최고의 석학 아리스토텔레스마저도 마케도니아 출신이라는 이유로 시민권을 받지 못했다. 그토록 화려한 문명을 자랑한 아테네도, 강한 군사력을 보유했던 스파르타도 그리스 전체를 통일하지는 못했다. 그리스가 펠로폰네소스반도 밖으로 뻗어나갈 수 없었던 이유는 무엇일까? '피를 나눈 사람'이 아니라 '뜻을 같이하는 사람'을 시민으로 받아들였던 로마와 비교하면 그 이유가 명확히 드러난다.

이는 동양 철학에서도 마찬가지다. 제나라 관중은 "태산불사토양(泰山不辭土壤) 고능성기대(故能成其大) 하해불택세류(河海不擇細流) 고능취기심(故能就其深)"이라고 했다. 바다는 아주 작은 물줄기조차 모두 받아들이기에 깊고 큰 창해를 이룰 수 있었고, 산은 한 줄기 토석조차 사양하지 않기에 높고 거대한 태산이 될 수 있었으며 현명한 군주는 어떤 사람도 싫어하지 않고 물리치지 않았기에 수많은 대중을 이끌 수 있었다.

지략이 뛰어나고 신중하며 국제적 감각까지 갖췄던 조말생은 태종 8년 비리 사건에 연루되어 탄핵을 받게 된다. 세종대왕은 조말생을 사형에 처하는 대신 유배를 보내고, 이후 변방 지역의 관찰사로 임명하여 조말생의 탁월한 외교·군사적 능력을 개국 초기 국내외의 어려움을 극복하는 카드로 활용했다. 하지만 끝내 죄를 사면하지 않

중요한 것은 서로 다른 것들이 합쳐져서
새로운 것을 만들어냈다는 사실이다.
이것이 바로 포용의 파워다.

고 정승의 반열에도 올리지 않아 실리는 챙기면서도 명분은 세워주지 않는 남다른 공생과 포용력을 보여주었다.

포용력이 없는 사람들은 이것저것 가리고 이유를 붙이고 편을 가르며 안주하려 하고 변화하지 않으려고 한다. 특히 자기는 이미 모든 것을 잘 알고 있기 때문에 더는 배울 것이 없다는 듯이 행동한다.

불편한 진실

한때 98kg이었던 내 몸은 현재 82kg이다. 총 16kg이나 덜어낸 셈이다. 예전에 입었던 옷은 너무 커서 입을 수가 없어 전부 기부해버렸다. 남산만 하던 배가 쏙 들어가 버린 것은 솔직히 눈으로 보면서도 믿기지 않는다. 사람들은 묻는다. 도대체 뭘 한 거냐고. 채소 위주의 식단으로 바꾸고 육식, 특히 쇠고기를 완전 끊었다. 대신 해산물을 자주 먹는다.

솔직히 고백하면, 다이어트를 하려고 이 모든 것을 시작한 것은 아니다. 대한민국의 암 발생률이 왜 성인 3명당 1명이며 지금도 계속 늘고 있는지 암 환자의 금기 식품에 왜 쇠고기와 흰쌀밥이 있는지, 반면에 현미밥과 오리고기는 왜 먹어도 된다고 하는지 궁금했고 그게 출발이었다.

풀을 뜯어 먹으며 살던 소들이 언제부턴가 좁은 사육장에 갇힌 채 옥수수 사료를 먹고 자라기 시작했다. 그렇게 되자 소는 비정상적으로 살이 찌면서 지방이 많이 축적되기 시작했다. 이른바 마블링. 이것은 그냥 지방 덩어리다. 더욱이 쇠고기의 지방은 배출이 어렵고 일반 돼지고기보다 녹는점이 훨씬 높다고 한다. 사람이 먹게 되면 몸에 염증을 자주 유발하게 되고 각종 성인병의 원인이 된다.

'쇠고기는 줘도 먹지 마라, 돼지고기는 주면 먹어라, 닭고기는 사서 먹어라, 오리고기는 훔쳐서라도 먹어라'는 누가 만들어낸 말인지는 몰라도 참으로 명언이다.

헌데 그것보다 더 큰 문제가 있다. 지구상에 사육되는 약 12억 마리의 소가 차지하는 면적이 전 세계 토지의 24%란다. 놀랍다. 방대한 열대 우림이 파괴됐고, 지금도 진행 중이다. 축산 폐수는 지하수 오염으로 직결된다. 미국이 쓰는 물의 절반이 가축 사육에 쓰인다. 과다한 목축은 물 부족의 원인 중 하나이며, 취수 때문에 아프리카의 토지 사막화가 더욱 가속화되고 있다.

감자 1kg을 경작하는 데 물이 1000ℓ 사용된다면 고기 1kg은 감자 100배의 물이 필요하다. 《물 전쟁》이라는 저서를 쓴 마크 드 빌리에는 수년 내에 물 때문에 전쟁이 일어날 것이라고 예측했다. 이미 세계 지도자들도 인류가 처한 가장 큰 갈등이 물 부족이라고 말한다. 한국은 20여 년 전부터 미래의 물 부족 국가로 분류되었다. 물값이 10년 이내에 오일 가격만큼 비싸질 것이라는 예측도 많다.

소들이 먹어치우는 곡식은 지구가 생산하는 곡식의 1/3에 달한다. 이를 인간이 소비한다면 약 10억 명을 부양할 수 있다고 한다. 현재 지구상에는 약 13억 명의 인류가 만성 기아에 시달리고 있는 반

현재 지구상에는 약 13억 명의 인류가

만성 기아에 시달리고 있는 반면,

한쪽에서는 육식 과다로 비만과 숱한 질병이 만연하고 있다.

면, 한쪽에서는 육식 과다로 비만과 숱한 질병이 만연하고 있다. 제초제의 80%가 가축 사료용 옥수수와 콩에 뿌려진다. 쇠고기는 살균제 오염 때문에 암 유발 식품 가운데 두 번째로 위험한 식품이라고 한다. 마블링의 담백한 유혹에 빠져 있던 우리로서는 불편한 진실이 아닐 수 없다.

건강 문제도 있지만 좀 더 거시적 시선으로 생각해볼 필요가 있다. 쇠고기 소비를 위해 지구가 감당해야 하는 절박한 문제들인 물 부족, 식량난, 지구 온난화, 밀림 파괴 및 사막화에 대해서 한 번쯤은 고민해봐야 하지 않을까.

믹싱의 변증법

인간은 생존을 위해 망각을 선택하는 '망각의 동물'이다. 모든 것을 기억하는 게 과연 좋을 것 같은가? 천만에! 모든 것을 기억한다는 것은 그야말로 불행의 극치다. 망각이 없다면 얼마나 끔찍할지 생각해보라. 이별, 상처, 실수, 미움 등의 기억이 수십 년이 지나도록 잊히지 않는다면 어떨까? 매번 그 당시처럼 똑같은 강도로 미움이, 슬픔이, 부끄러움이 느껴진다면 그야말로 삶은 고통 그 자체일 것이다.

인간에게 망각이 필수라면, 꼭 기억하거나 마음에 담아둘 일은 끊임없이 되새김질해야 한다. 하여 망각의 동물인 우리에게는 자신을 일깨우는 격언인 '좌우명(座右銘)'이 꼭 필요하다. 좌우명은 늘 자리 옆에 두고 생활의 지침으로 삼는 말이나 문구다. 글자 그대로 풀이하면 '자리 오른쪽에 둔 명심할 내용'이라는 뜻인데, '명(銘)'은 한문 문체의 일종이다. 고대에는 주로 종(Bell)이나 정(鼎, 발이 3개 달린 솥을 말하는데,《주역》에도 '화풍정괘'가 나온다)에 새기는 문장을 뜻했다. 그러니까 좌우명은 자기 스스로를 일깨우거나 다른 사람의 업적을 널리 기리기 위해 '명'을 새긴 것이다.

좌우명이란 말은 후한의 학자 최원(崔瑗)의 《문선》에 실린 〈좌우명〉이란 글에서 비롯되었다고 한다. 최원은 어려서부터 배움에 뜻을 두고 열여덟 살 때 낙양으로 유학을 떠났는데, 그곳에서 천문을 익혔고 주역을 배웠다. 특히 글을 잘 지었고 서예에도 능통했다. 그러나 형인 최장(崔璋)이 타살당하자 분노를 참지 못하고 직접 나서 원수를 죽여버린다. 그 후 관아의 추적을 피해 숨어 지내며 유랑 생활을 해야만 했다. 몇 년 뒤 조정의 사면을 받아 고향에 돌아온 뒤 그는 자신의 살인 행위를 깊이 뉘우치고 덕행을 기르고자 글 한 편을 지었다. 이 글을 명문으로 만들어 책상머리맡에 두고 시시각각 자신의 언행을 경계했는데, 이 문장을 '좌우명'이라 칭한 것이다.

내가 글로 적어놓고 자주 들여다보는 좌우명은 매우 다양한데, 요즈음 많이 생각하게 되는 좌우명이 있다. 그것은 바로 DJ 믹싱의 변증법을 통해 배우는 '상생의 미학'이다. DJ가 음악을 플레이 중인 A 데크가 '정'이라면, B 데크는 '반'이 되고, 이것이 적절한 믹싱 포인드에 적절한 빙법으로 믹싱 되면 '힙'을 이루게 된다. 이것은 흡사 우리네 삶과도 일맥상통하는 바가 있다. 나는 단절과 일방통행으로 인한 다툼이 아니라 공존과 상생 그리고 소통의 법칙을 DJ 장비를 다루면서 깨달았다.

'군자화이부동(君子和而不同), 소인동이불화(小人同而不和)'
는 《논어》에만 있는 것이 아니었다. 디제잉에도 군자화이부동
이 있다. A 데크의 노래와 B 데크의 노래가 서로의 차이를 인
정하지 않고 서로 옳다고 주장하며 싸울 때, 그것은 음악이 아
니라 소음이 된다. 즉, '동이불화'의 상태가 된다. 반면에 A의
주장을 오롯이 경청한 후, B의 주장으로 자연스럽게 넘어가는
과정은 믹싱(mixing), 즉 화이부동(서로의 다름에 대한 인정)
이다. 요컨대 비트매칭(Beatmatching)은 '상대와 보조를 맞추
는 것'이며, 이큐잉(EQing)은 '서로 조금씩 양보하는 것'이다.

기소불욕 물시어인

존 듀이는 '중요한 존재가 되려는 소망'은 인간에게 있어서 가장 뿌리 깊은 욕구라고 했다. 한편 월리엄 제임스는 이렇게 말했다.

"인간 본성의 가장 끈질긴 욕망은 인정받고 싶어 한다는 것이다."

이것이야말로 인간과 동물을 구별하는 욕구다. 인간이 문명 자체를 진전시켜온 것도 바로 이러한 욕구에서 비롯되었다.

철학자들은 수천 년에 걸쳐 인간관계에 대한 연구를 거듭해 한 가지 중요한 교훈을 발견했다. 2500년 전 페르시아에서 조로아스터는 그 교훈을 그의 추종자들에게 가르쳤고, 2400년 전 공자도 그 교훈을 강의했다. 도교의 시조인 노자는 《도덕경》을 써서 제자들에게 가르쳤으며, 그리스도 탄생 500년 전에 석가모니도 갠지스강 기슭에서 그 교훈에 대해 설교했다. 석가모니보다 1000년 전에 힌두교의

남에게 대접받고자 하는 대로 남을 대접하라.

경전에서도 이것을 가르쳤으며, 예수는 2000년 전에 유대의 바위산에서 이를 가르쳤다.

"남에게 대접받고자 하는 대로 남을 대접하라."

개런티나 곡비, 레슨비, 강사료 등을 깎아달라거나 심지어는 공짜로 해달라는 사람이 '의외로' 많다. 개런티 지급이 미뤄지는 것은 아주 그냥 일상다반사다. 만약 당신이 회사를 다니고 있는데 무보수로 일하라고 한다거나 삭감된 월급을 받으라고 한다면 어떨까? 입장을 바꿔놓고 생각하면 본질은 명확해진다.

'기소불욕(己所不欲) 물시어인(勿施於人)'
자신이 원치 않는 것은 남에게도 강요하지 마라!

우정

'꽃은 반 정도 피었을 때, 술은 반쯤 취했을 때가 가장 좋다'라는 말이 있다. 꽃이 만개하여 아름다움을 뽐내는 순간 바로 사람들에게 꺾이거나 시들기 시작한다. 인생도 마찬가지다. 순조롭게 일이 진행될 때 잘난 척 으스대거나 안하무인으로 행동하기 쉽다. 자기가 최고인 줄 아는 사람은 뛰어난 능력과는 상관없이 다른 사람들의 표적이 되어 화를 면하기 어렵다.

니체는 "평지 위에 머물지 마라. 너무 높은 곳에 올라가지도 마라. 반쯤 올라 바라보는 세상이 가장 아름답다"라고 했다. 적당한 높이에서 인생을 관망하는 것이 가장 이상적인 삶이 아닐까. 이는 동양 철학에서 말하는 '중용'과도 일맥상통한다.

루쉰은 "일생을 통해 자신을 알아주는 친구 하나만 얻으면 그것으로 충분하다"라고 말했다. 어느 누가 우정을 잃고 인간답게 살아

친구란 언제나 가장 든든한 내 인생의 후원자이다.

우정이라는 보호막 아래 행복을 느낀다면

당신 주변에 좋은 친구가 있는 것이 분명히다.

갈 수 있을까? 로빈슨 크루소는 무인도에 살면서도 식인종 '프라이데이'와 우정을 나누지 않았던가. 친구가 없다면 우리 인생은 적막하고 쓸쓸한 고립무원의 상태에 빠질 것이다.

키케로의 《우정에 관하여》에는 이런 소름 돋는 구절이 있다.

"만약 당신이 하늘 위로 올라가 아무리 멋진 우주 광경과 아름다운 별을 본다 해도 혼자라면 전혀 기쁘지 않을 것이다. 당신은 자신이 본 아름다운 광경에 대해 말할 수 있는 상대를 찾은 후에야 비로소 기쁨을 느낄 수 있을 것이다."

인간은 누구나 주변 사람들의 관심과 도움이 필요하다. 이런 면에서 친구란 언제나 가장 든든한 내 인생의 후원자이다. 우정이라는 보호막 아래 행복을 느낀다면 당신 주변에 좋은 친구가 있는 것이 분명하다.

연암 박지원은 생의 마지막을 애통함이 아니라 유쾌한 기억으로 남기고자 흥겨운 파티를 열었다. 그는 노환으로 거동을 할 수 없게 되자 약을 물리치고 술상을 차려 친구들을 불러들였다. 그는 친구들이 말하고 웃는 소리를 들으면서 죽음을 맞이했다.

> 사람에게서 멀어지는 것, 이는 도미노를 너무 멀리 떼어놓는 것과 같다. 그래서 하나의 도미노를 밀어도 다음 도미노에 닿지 못해 연쇄 반응이 일어나지 않는다. 나를 사랑해주는 사람들과 늘 교류하며 사는 것, 그것만으로도 충분히 행복하고 삶의 활력소가 된다.

독설

19세기 프랑스 문학계를 주름 잡았던 시인 보들레르는 말년에 뇌 발작을 일으켜 말하는 능력을 잃었는데, 그가 유일하게 한 말이 'Crénom'이라는 프랑스어 '욕'이었다고 한다.《악의 꽃》의 적나라한 시구를 짓고 냉철하게 당대 문학을 비평했던 보들레르는 대뇌 좌반구에 손상을 입은 뒤부터 욕을 내뱉기 시작한 것이다.

그렇다면 욕은 사람에게 얼마나 나쁜 영향을 끼칠까? 워싱턴대학교는 이를 알아보기 위해 실험을 실시했다. 사람들이 말할 때 나오는 미세한 침 파편을 모아 침전물을 분석했는데, 그 결과 사람의 감정 상태에 따라 침전물의 색깔이 달랐다. 침전물은 평상시에는 무색이었고, '사랑한다'는 말을 할 때는 분홍색이었다. 그런데 화를 내거나 짜증을 낼 때, 욕을 할 때는 짙은 갈색이었다. 갈색 침전물을 모아

흰쥐에게 주사했더니 쥐가 몇 분 만에 죽었다. 1시간 내내 화를 내며 욕을 내뱉은 사람에게는 실험용 쥐를 죽일 수 있는 독이 있다는 사실이 밝혀졌고, 이를 '분노의 침전물'이라고 이름 붙였다.

화를 내고, 짜증내고, 욕을 내뱉는 것은 그때마다 상대방에게 독을 내뿜는 것과 같다. 그래서 우리는 상대방을 흠집 내고 헐뜯는 말을 일컬어 '독설(毒舌)'이라고 부른다.

1시간 내내 화를 내며 욕을 내뱉는 사람에게는
실험용 쥐를 죽일 수 있는 독이 있다는 사실이 밝혀졌고,
이를 '분노의 침전물'이라고 이름 붙였다.

함께 살아가기

생각으로만 하는 다짐보다 머릿속으로 그림을 그리고 적거나 입으로 말하는 사람이 목표를 더 빨리 이룬다고들 한다. 목표를 입으로 말한다는 것은 일종의 주문이다. 그것은 반복으로 이뤄내는 자기 암시다.

삶을 살아가면서 우리는 많은 목표를 갖는다. 목표에는 많은 시간과 노력이 투자되어야 하지만 그것만으로는 충분치 않다. 바로 반드시 해내겠다는, 이룰 수 있다는 자기 암시, 곧 주문이 필요하다. 하지만 결과에 너무 집착하다 보면 쉽게 지치게 된다. 나아가는 과정 자체를 즐겨야 한다. 앙드레 지드는 행복의 비결에 대해 묻는 질문에 이렇게 대답했다.

"노력 그 자체 속에서 행복을 발견하는 것, 그것이 내 행복의 비결이다."

작가 조앤 롤링이 《해리포터》의 첫 권을 발표했을 때 그녀 나이는 서른둘이었다. 그 책을 내기 전 그녀의 삶은 궁핍 그 자체였고, 이혼한 채 혼자 키우던 갓난아기를 맡길 곳이 없어 유모차를 밀며 글을 썼다. 그녀는 번번이 실패로 돌아간 직장 생활의 경험을 통해 자신의 재능이 글을 쓰는 데 있다는 것을 깨달았기 때문에 결코 절망하지 않았다. 가장 하고 싶고 가장 잘할 수 있는 일을 발견한 그녀에게 지나간 인생에 대한 후회 따위는 없었다.

셰익스피어에 버금가는 인기를 누린 찰스 디킨스 또한 글을 쓰는 것이 꿈이었지만 빚을 지고 감옥에 간 아버지 때문에 어려서부터 일을 해야 했다. 열다섯 살 때 법률 사무소 직원으로 일하면서도 그는 포기하지 않았다. 주경야독을 하던 그는 스무 살 때 신문사 기자가 되는 데 성공했고 그때부터 틈틈이 작품을 쓰기 시작했다. 낮에는 신문사에서 일하고, 밤에는 소설가 지망생으로 미래를 준비한 것이다. 자기 나름대로 없는 시간을 쪼개고 쪼개서 활용했고, 마침내 《올리버 트위스트》로 유명 작가의 반열에 올랐다.

무언가를 시작하기에 결코 늦은 나이는 없다. 무엇이든 언제 시작했는지는 중요하지 않다. 얼마나 열정을 갖고 어떤 준비 과정을 거쳐 어떤 마음으로 시작했느냐가 중요하다. 진정 자신이 원하는 것이 무엇인지 알았다면, 그리고 일단 자신의 깊은 내면이 시키는 대로 무엇인가를 결정했다면 뒤돌아보지 말아야 한다. 실패 따위는 두려워하지 말아야 하며 결과에 너무 집착하지도 말아야 한다. 누구나 마이클 잭슨이나 셰익스피어처럼 크나큰 발자취를 남길 수는 없다. 그것은 우리 모두가 잘 알고 있다. 나의 성공이 꼭 그렇게 거창할 필요는 없

행복은 보이기 위한 것이 아니다.

남들이 어떻게 보든

내가 행복하다고 느끼는 것이 우선되어야 한다.

다. 자기만의 철학을 갖고 정성을 들인 끝에 맛보게 될 성취감, 만족감이나 기쁨 그 자체만으로 얼마든지 의미가 있다.

행복은 보이기 위한 것이 아니다. 남들이 어떻게 보든 내가 행복하다고 느끼는 것이 우선되어야 한다. 《런던 타임스》에서 가장 행복한 사람에 대한 정의를 독자로부터 모집하여 순위를 매겼다. 1위는 모래성을 막 완성한 어린아이, 2위는 아기를 목욕시키고 난 어머니, 3위는 세밀한 공예품을 만든 뒤 휘파람을 부는 목공, 4위는 어려운 수술을 성공리에 마쳐 막 생명을 구한 의사였다. 이 결과를 보면 우리가 정말 행복을 느끼는 순간은 내가 해야 할 일을 해낸 순간, 혹은 내가 타인에게 중요한 존재라는 것을 느낄 때이다.

인간을 가장 행복하게 만드는 것은 우정과 성공적인 인간관계로 나타났다. 역사적으로 탁월한 성취를 이룬 사람들, 커다란 역경을 극복한 사람들, 또 자기 삶에 높은 만족을 보이는 사람들에게는 반드시 이들을 신뢰하고 지지하며 사랑해주는 친밀한 관계가 있었다.

> 자신의 작은 성공에 기뻐할 줄 알면 그것은 행복에 다가가는 쉬운 길이 될 수 있다. 성공에 영향을 미치는 결정적 변수는 서천적인 재능이나 후천적인 양육 환경이 아니라 스스로의 가치관에 따라 선택한 일, 즉 '하고 싶은 일을 했느냐'에 달려 있다.

사랑도 의리다

근래 들어 후배, 친구들의 결별 소식 또는 헤어짐을 고려 중이라는 말이 제법 들린다. 왜 그들은 결별해야만 했으며, 왜 헤어짐을 고려 중일까. 사실 이것은 연인들만의 문제가 아니라 모든 인간관계 전반을 관통하는 이슈다. 바로 '서로가 다름'을 인정하지 않는 것이 문제의 시발점. 그것이 뇌관이 되어 위태위태하다가 어느 순간 폭발해버린 게 아닐까.

뇌 과학자들은 사랑도 화학 작용의 하나라고 말한다. 사랑의 감정을 조절하는 기관은 뇌의 변연계인데, 여기서 사랑의 각 단계마다 신경 전달 물질이 분비된다. 그런데 사귄 기간이 18~30개월쯤 되면 항체가 생겨 사랑과 관련된 화학 물질이 더는 생성되지 않기 때문에 감정이 시들해지는 것은 지극히 당연한 현상이라는 것이다. 쳐다만 봐도 가슴이 콩닥거리던 연애 초반의 설렘이 평생을 갈 수 있겠는가?

설렘에 우선 가치를 둔 인스턴트식 사랑은 얼마 못 가서 또 다른 사랑을 만나야만 다시 설렐 수 있다. 그러다가 또 다른 사람을 찾고 또 다른 사람을 찾고 무한 반복이다. 사랑의 최고 가치는 떨림과 설렘보다는 서로의 존재 자체에서 찾아야만 한다.

사랑은 열정적으로 사랑에 '빠지는' 단계에서 출발해 사랑을 '하는' 단계를 지나 사랑에 '머무르는' 단계에 도달하는 기나긴 여행과도 같다. 그러므로 열정이 식었다고 해서 사랑이 끝난 것은 아니다. 그러니 그럴 때 "넌 변했어"라고 섣불리 규정짓거나 다른 사람을 찾으려 기웃댈 게 아니라 서로 노력해나가야 한다. 사랑도 '의리'다.

사랑에 빠지기는 쉬워도 사랑에 머무르기는 쉽지 않다. '사랑에 머무는 단계'는 현실 속에서 서로의 모든 것을 나누며 행복하고 편안한 가운데 서로의 존재를 감사하게 생각하는 것이다. 사랑에 머물기 위해서는 상대를 이해하고, 있는 그대로를 인정하며, 그 어느 때보다 깊은 애정을 가지고 관계를 지속시킬 수 있어야 한다. 바로 이 부분이 가장 힘든 부분이다. 헤어지는 연인이나 부부의 가장 대표적 클리셰인 "성격 차이 때문에 헤어졌어요"가 바로 이 부분에서 비롯된다(둘 중 어느 한 구성원의 '치명적인 잘못'으로 인한 결별은 여기서 논외로 하겠다).

성격이란 대체 무엇인가. 무엇이기에 툭하면 성격차로 헤어졌다고 둘러대는가 말이다. 사전적 의미로 보아도 성격이란 '개인이 가지고 있는 고유의 성질이나 품성'을 뜻한다. 분명히 '고유의' 성질이라고 되어 있지 않나. 그 사람만이 가진 '고유의' 성질이라는 말은 기본적으로 '각자가 다를 수밖에 없다'는 최초의 명제가 있어야 하는 것

열정이 식었다고 해서 사랑이 끝난 것은 아니다.
그러니 그럴 때 "넌 변했어"라고 섣불리 규정짓거나
다른 사람을 찾으려 기웃댈 게 아니라
서로 노력해나가야 한다.
사랑도 '의리'다.

이다. 목소리도 다르고, 생긴 것도 다르고, 생각도 다르고, 취향도 다르고, 모든 고려 대상이 다 다른 거, 그게 정상이다. 이 세상 어디를 가도 '나'라는 존재는 바로 '나' 하나밖에 없다.

나는 짜장면을 좋아하고 그녀는 짬뽕을 좋아한다고 치자. 어떻게 그를, 또는 그녀를 내 취향으로 바꿀지를 궁리하다가는 어김없이 싸우게 된다. 그것을 좋아하도록 그대로 두든지, 내가 취향을 포기하든지, 아니면 싸우지 않는 한도 내에서 서로 양보를 하며 접점을 찾아 마무리를 해야 '성격차' 때문에 헤어지는 것을 미연에 방지할 수 있다. 성격차로 헤어졌다는 말은 결론적으로 그 사랑을 서로가 지켜내지 못한 것에 대한 허울 좋은 핑곗거리밖에 되지 않는다.

세상은 사랑을 지속적으로 시험한다. 사랑을 뒤흔드는 수많은 유혹이 곳곳에 도사리고 있다. 게다가 인간을 포함한 모든 동물은 여러 상대와의 사랑이 가능하게끔 생물학적으로 디자인되어 있다. 종족 번식을 위한 진화론적 관점에서 보면 그렇다. 그렇기 때문에 사랑의 역사는 불륜의 역사이기도 하다. 암수의 금실이 좋은 거위나 백조도 실은 바람둥이이고, 박새 새끼들의 경우 약 40%가 불륜으로 태어난다고 하니, 사랑이 변치 않으리라 누가 장담할 수 있겠는가. 그런 면에서 사랑도 '의리'의 문제로 접근해볼 필요가 있다.

이런 현실 속에 옅어져가는 사랑의 끝을 붙들고 있는 사람들은 서로의 사랑을 끊임없이 확인하고 또 확인받고 싶어 한다. 하지만 사랑은 확인하는 게 아니라 확신하는 것이다. 자꾸만 확인하려 들면 의심만 늘게 된다. 사랑을 시작한 이상, 그 사랑을 이어가는 것은 자신의 몫이다. 능동적으로 그 사랑을 서로가 지켜내야 하는 것이다.

소설가 박범신이 들려준 잠언은 곱씹어볼 만한 혜안을 담고 있다.

"처음 사랑에 빠진 남녀는 낭만기에 접어든다. 그러나 곧 두 사람은 서로의 실체를 확인하며 실망에 빠지거나 현실적인 생활 속에서 지루함을 느끼기 시작한다. 이때가 바로 빙하기다. 이 시기를 지혜롭게 극복하면, 그다음 단계로 남녀의 구분을 떠나 반려자에 대한 인간애가 만들어진다. 이 마지막 부분을 인간주의 시대라고 한다."

많은 영화와 소설이 박범신이 지적한 '낭만기'에서 사랑의 연대기를 끝낸다. 관람객을 기분 좋게 극장에서 내보내기 위함이요, 간접 경험의 포만감 속에 빠진 채 마지막 페이지를 덮기 위함이다.

엄친아

칸트는 같은 코스를 매일 똑같은 시간에 산책했다. 사람들은 그를 보고 시계를 맞출 정도였다. 그런데 칸트의 이런 생활을 망가뜨린 사건이 있었다. 장 자크 루소의 《에밀》 때문이었다. 《에밀》을 읽고 감동한 나머지 시간마저 뒤죽박죽되고 말았던 것이다. 칸트가 《에밀》에서 감명 깊게 받아들인 것은 자유와 평등을 바탕으로 하는 인간애였다. 칸트는 이렇게 고백했다.

"《에밀》로 인해 나는 인간을 사랑하는 방법을 배울 수 있었다."

루소가 말하고자 한 것은 '자연주의 교육사상'이다. 그는 실물 교육, 즉 감성 육성을 중요시했다. 사람은 왜 공부를 하는가? 아마 공부는 인간답게 살아가기 위한 효과적인 방법이기 때문일 것이다. 대자연은 둘도 없는 선생님이다. 예전에는 고무줄놀이, 구슬치기, 딱지치기, 공기놀이, 오징어땅콩, 개구리팔딱, 땅따먹기, 말뚝박기, 땐스볼,

진, 패차기, 돈까스, 밀기, 얼음땡 등 셀 수 없이 많은 아웃도어 놀이들을 하며 밖에서 놀았고, 학교에서도 운동을 많이 했다. 감각을 발달시키는 데는 뛰어노는 것이 중요하다. 요즘 아이들은 연예인이 스케줄을 소화하듯이 각종 학원을 다니느라 시간에 쫓긴다. 학교도 부모가 자동차로 데리고 다니다 보니 잘 걷지도 않는다. 감성의 우뇌는 운동 기능과 관련이 많다. 교육적 자극만 주고 놀이나 운동 같은 자극을 주지 않으면 좌뇌만 발달하고 우뇌 발달에는 문제가 생긴다.

어떤 부모들은 갖가지 규칙을 만들어서 아이들을 통제한다. 아이는 보통 이런 환경에서 규율을 어겨서 비판받고 '다른' 것이 '틀린' 것이 아닌데도 남들과 다르다는 이유로 고통을 받는다. 이른바 '몰개성'의 출발이 바로 가정에서 이루어지는 것이다. 아테네 시대에 그리스 문명이 번영할 수 있었던 것은 자유로운 교육 덕택이었고, 비잔틴 시대에 그리스 문명이 꽃피지 못한 것은 엄격한 규율 때문이었다는 사실을 기억해야 한다. 많은 부모들은 무의식중에 폭군이 되어 아이를 부모의 명령에 벌벌 떨게 만들어버린다. 폭력과 강압적인 태도는 아이의 마음에 어두운 그늘을 만든다.

현재 일본은 '히키코모리'라 부르는 은둔형 외톨이가 약 120만 명에 이르고 있다고 한다. 우리나라도 그 수가 가파르게 증가하고 있다. 이들은 방 안에 틀어박혀 인터넷이나 게임으로 소일한다. 이들의 사회 부적응 현상은 인터넷을 통해 악플을 달거나 유언비어를 퍼뜨리며 그늘 속에 숨어서 그 반응에 스스로 만족감을 얻는다. 소위 '관심병'이다. 프로이트, 존 듀이, 윌리엄 제임스가 말한 인간의 가장 기본적인 욕망인 '인정받고 싶은 욕망'이 그런 식으로 왜곡되어 나타난

아테네 시대에 그리스 문명이 번영할 수 있었던 것은
자유로운 교육 덕택이었고,
비잔틴 시대에 그리스 문명이 꽃피지 못한 것은
엄격한 규율 때문이었나.

다. 폭력성이 강한 게임에 만족감을 얻으며, 비정상적인 충동으로 엉뚱한 범죄 행위를 저지르는 등 심각한 사회 문제로 대두되는 것이다.

아이들은 스마트폰에 쉽게 중독된다. 스마트폰은 문자나 시각적 정보로만 소통하기 때문에 공감각적인 능력이 발달하지 않는다. 또한 뇌의 중독과 관련된 도파민 보상 회로를 강하게 자극하여 점점 그 회로를 자극하는 일을 해야만 행복감을 느낀다. 스마트폰을 손에서 놓으면 인생이 갑자기 재미가 없고 불행하다가 다시 손에 넣으면 기분이 좋아져서 하루 종일 쥐고 있게 된다. 채팅창과 인터넷 댓글 사이를 헤매는 동안 두뇌 발달은 물론, 세상을 보는 올바른 시각도 갖기 어렵다. 감각적이고 현상에 지나지 않는 독사(Doxa)의 세계에 매몰되어 진정한 '나'로서의 본질인 이데아, 즉 에피스테메(Episteme)의 세계를 영영 놓치고 만다.

아이가 어떤 삶을 살기를 바라는가? 아이의 공부가 불만족스럽다면 아이를 바라보는 자신의 시각에 대해 생각해봐야 한다. 아이의 인생과 무관하게 부모의 욕심은 없는지 살펴야 한다. 내 아이가 흔히 말하는 '엄친아'가 되기를 바라는 마음은 없는지, 아이 입장보다는 부모 입장이 우선은 아닌지 되짚어보자. 공부에 대해 자꾸만 조급해지는 마음은 누구를 위한 것인가?

대부분의 사람들은 좋아하는 일을 잘하는 편이다. 정말 좋아하는 일이라면 이미 어느 정도는 잘하고 있을 것이고, 또 부단한 노력을 통해 더 잘할 수 있다. 많은 아이들이 자기에게 '맞는' 길보다는 '주어진' 길을 간다. 굳이 라캉의 '욕망의 타자성'을 끌어오지 않더라도, 타인에 의해 주어진 그 길을 오랜 세월 동안 걷다가 원하지 않았던 장소에 도달해 있는 자신을 뒤늦게 발견하고 후회하는 경우가 많다. 재능은 타고나기도 하지만 열정을 바탕으로 후천적 재능을 계발할 수도 있다. 이상적인 부모는 그 길잡이가 되어주어야 한다.

우리는 일반적으로 청소년이 될 때까지 "그래, 넌 할 수 있어"라는 말보다 "아냐, 넌 할 수 없어"라는 말을 훨씬 더 많이 듣는다고 한다. 성장 과정에서 "하지 마", "그거 하면 안 돼", "넌 못해"라는 부정적인 말을 많이 듣게 되면 부정적인 의식이 내면화된다. 따라서 성인이 되어서 아주 작은 난관에도 "난 못해", "난 안 돼" 하는 부정적인 의식이 먼저 나타나게 된다. 아울러 그러한 자신을 변명하고 합리화시키기 위해 부정적인 시각으로 사회를 비판하고 진실과 사실을 왜곡시킨다. 자아가 매우 강한 아이들만이 스스로 이 부정을 극복해낼 뿐이다.

"당신의 자녀가 지렁이를 정말로 좋아한 나머지 10년째 땅속의 지렁이를 잡아 들여다보고 있어도 걱정하지 마라. 20년째 지렁이를 만지고 있어도 실망하지 마라. 이제 몇 년 후면 당신의 집 앞에는 세계 각처에서 몰려온 관광객들이 줄을 설 것이다. 그들은 인류가 배출한 탁월한 지렁이 대가의 용안을 알현하고자 고개를 쳐들 것이다."
_그라닌, 《시간을 지배한 사나이》

점과 선

그 무엇이 되었든 시작은 늘 초라한 점에 불과하다. 모두의 눈에는 보잘것없는 점으로 보일지 모르지만 처음 발을 뗀 사람들에게는 이미 완성된 입체가 머릿속에 그려져 있는 법이다. 1992년, 진주고등학교 록 밴드 '비 갠 오후'에서 래피의 첫 단추도 그렇게 끼워졌다.

모든 일은 하나의 점에서 시작된다. 불을 붙일 때도 하나의 불씨부터다. 그래서 점화다. 어떤 사항을 조사하거나 검사할 때도 물론 작은 점부터 시작한다. 그래서 점검이다. 아무리 위대한 성공도 발밑의 점부터 시작된다. 그렇지 않은 성공은 이 세상에 하나도 없다. 한두 개의 점으로는 선이 연결되지 않는다. 무수한 점을 찍다 보면 그 점들이 곧 의미심장한 선이 된다. 인간관계든 일이든 점들이 모여 결국 선이 된다.

DJ로서 가장 중요한 것은 음악을 계속 듣는 것이고, 작곡가로서 가장 중요한 것은 계속 곡을 쓰는 것이다. 지금 할 수 있는 일, 늘 가까이 있는 사람들에게 최선을 다해야 한다. 이 불변의 진리에 우리는 때로 너무 소홀하다. 눈앞의 작은 일과 가까이 있는 사람들이 장차 큰일을 할 수 있는 바탕이 된다. 우리는 종종 크고 화려한 것에만 정신을 빼앗겨 작지만 소중한 것들을 돌보지 않는 경향이 있다. 그러나 작은 성공을 이루지 못하면 큰일도 도모하기 어렵고, 작은 행복을 느끼지 못하면 결국 큰 행복도 누리지 못하게 된다. 작은 것의 소중함, 작은 성공의 가치를 알아야 한다.

모든 행복의 출발점은 가정과 주변 사람들에 있다. 친구들, 일을 함께하는 사람, 넓은 의미의 한솥밥을 먹는 사람들도 모두 거기에 포함된다. 그런 의미에서 《안나 카레니나》의 첫 문장 '행복한 가정은 모두 비슷하다. 그러나 불행한 가정은 모두 제각각의 이유로 불행하다'가 시사하는 바는 매우 크다.

술과 물

갑자기 생각났는데, 술을 마시면 유독 얼굴이 붉어지는 사람이 있다. 반면에 평소 술을 잘 마시는 사람인데도 어느 날은 한두 잔만 마셨는데 벌겋게 달아오른 경험이 있을 것이다. 이 모든 게 다 아세트알데히드 때문이다. 생각난 김에 술 해독의 메커니즘을 한번 들여다보자.

알코올(ethanol, C_2H_5OH, CH_3CH_2OH)은 우리 몸속으로 들어오면 세 번의 분해 과정을 거치게 된다.

1. 위장에서 흡수되어 혈액 속으로 들어가 그중 20~30%는 혈액에서 용해되어 체내로 분산되고 나머지는 간으로 운반된다.

2. 간으로 들어온 알코올은 알코올 탈수 효소 ADH에 의해 분해

되어 아세트알데히드(acetaldehyde, CH_3CHO)로 전환된다.

$$CH_3CH_2OH \Rightarrow CH_3CHO + H_2$$

3. 아세트알데히드는 다시 아세트알데히드 분해 효소 ALDH에 의해 아세트산과 물로 분해되어 소변으로 배출된다.

$$CH_3CHO + NAD^+ + H_2O \Rightarrow CH_3COOH(아세트산) + NADH + H^+$$
$$CH_3COOH + 2O_2 \Rightarrow 2CO_2 + 2H_2O$$

아세트산은 잘 알 거다. 식초에서 나는 신맛이 바로 아세트산 때문으로 아세트산을 초산이라고 부르기도 한다. 참고로 경상도에서는 술을 매우 좋아하는 사람, 또는 과음으로 고주망태가 된 사람을 흔히 '초빼이'라 부르는데, 그것은 바로 '초병'에서 나온 말이다. 초병은 식초를 담는 병을 말한다. 그러니까 '초가 되게 마시다' 또는 '알코올이 초산 발효를 일으킬 만큼 술에 절었다'는 뜻이 되겠다.

아세트알데히드는 강한 독성 물질이다. 아세트알데히드는 혈관을 확장하여 얼굴을 붉게 만들고, 속을 울렁거리게 하여 구토를 일으키는 주범이다. 숙취는 이 아세트알데히드 때문에 생기는 현상이다. 하여 술을 깨는 데는 해장국보다 사실 물이 최고다. 술이 인체에 미치는 악영향을 줄이려면 물을 최대한 많이 마셔야 한다. 물은 알코올이 빨리 분해되고 소변으로 잘 배출될 수 있도록 돕는다. 술을 한 잔마실 때마다 물도 한 잔씩 같이 마시는 습관을 들이면 아세트알데히드가 아세트산으로 잘 바뀌게 해 숙취 증상을 줄여준다.

결국에는 물이 답이다. 인간관계에서도 자신을 낮춰 아래로 흘러

인간관계에서도 자신을 낮춰

아래로 흘러가는 물의 속성을 적용한다면 싸울 일이 없을 것이다.

모든 사람들이 다 물처럼 살면 얼마나 좋으려나.

가는 물의 속성을 적용한다면 싸울 일이 없을 것이다. 모든 사람들이 다 물처럼 살면 얼마나 좋으려나.

사람은 다투지만 물은 다투지 않는다. 사람은 무언가가 가로막으면 없애버리려 안달이고 뛰어넘으려 발을 동동 구르고 난리지만, 물은 산이 가로막으면 스르륵 돌아가고 큰 바위를 만나면 몸을 나누어 지나간다. 사람은 험난함을 만나면 좌절하지만, 물은 가다가 웅덩이를 만나면 좌절하지 않고 차분히 웅덩이를 다 채우고 난 다음 앞으로 나아간다. 사람은 만물을 파괴하고 해롭게 하지만 물은 만물을 이롭게 한다. 심지어는 술 취한 사람도 위에서 본 바와 같이 물이 해독을 시켜준다. 물은 사랑이요, 생명이다. 사람은 누추한 곳을 피하려 하지만, 물은 모든 사람이 싫어하는 곳에 처하며 낮고 소외된 곳도 마다하지 않는다. 사람은 다른 사람을 밟아서라도 기를 쓰고 올라가려 하지만, 물은 절대 높은 곳으로 흐르는 법이 없다. 물은 반드시 낮은 곳으로 흐른다. 겸손하다.

비난과 비판

토론이 아닌 언쟁이 벌어지는 곳에서는 거의 비슷한 공통점이 발견된다. 바로 자기의 주장만이 옳다고 믿으면서 남을 가르치고 상대의 생각을 바꾸려 들면서 비판이 아니라 비난이 난무한다. 결국 "너 몇 살이야!"로 시작해 언성이 높아지고 멱살잡이로 이어지는 것은 안 봐도 비디오다. 신이 아닌 이상, 인간의 이성은 결코 완벽하지 않으며 항상 오류 가능성을 지니고 있다. 하여 인간은 이성의 한계를 극복하기 위해 타인의 말에 귀를 기울이고 반증을 허용해야 한다. 여기서 중요한 것은 상대를 향한 반증이 '비난'이 아닌 건전한 '비판'이어야 한다는 것이다.

이 세상에 과연 100% 확실한 진리가 존재할 수 있을까? 과학 지식조차도 항상 옳은 것은 아니다. 갈릴레이가 지동설을 주장한 책 때문에 1633년에 종교 재판까지 받았듯이 예전에는 천체의 모든 별과

태양이 지구를 중심으로 공전을 한다고 믿었고 그것이 정상 과학이었다. 하지만 패러다임의 전환이 일어나면 진리일 것만 같던 과학적 지식도 무용지물이 된다. 지금은 누구도 천동설을 믿지 않는다. 모든 진리는 절대적이지 않고 잠정적이다.

비판을 허용하지 않는 사회는 닫힌 사회다. 독재가 따로 있는 것이 아니다. 상호간 다름의 인정이 이루어지지 않는 곳이 바로 독재가 시작되는 지점이다. 우리는 이성의 한계를 인정하고 모든 사상에 대한 비판과 논의가 가능할 수 있도록 하는 열린사회를 지향해야 한다. 하여 나부터 오류 가능성을 지닌 존재라는 것을 오롯이 인정하고 상호 비판과 토론으로 언제든지 오류를 수정하려는 개방적인 태도를 가져야 한다. 어떤 결정이라도 오류가 있을 수 있다는 것을 인정하는 것이 바로 열린사회를 가능하게 한다.

질문과 반증을 허용하지 않는 사람, 힘으로 비판을 덮어버리려고 하는 사람, 자신이 옳음을 애써 증명하려는 사람보다는 타인에게서 배우는 것을 더 중요하게 여기는 사람이 되자. 상대방을 편견 없이 바라보고 이성적 대화를 통해 소통하고 변화하며 더불어 살아갈 수 있어야 한다. 하루에도 몇 번씩 명심하자.

"나는 완벽하지 않다. 내가 틀릴 수도 있다."

군자 vs. 소인

우리는 감정을 지닌 동물이다 보니 모든 인연은 필연적으로 우리에게 두 가지 감정을 가져다주는데, 하나는 기쁨의 감정이고 다른 하나는 슬픔의 감정이다. 기쁨이 삶의 힘이 증진될 때의 느낌이라면, 슬픔은 삶의 힘이 위축될 때의 느낌이다. 이것을 스피노자는 "기쁨은 코나투스가 증진된 것이고 슬픔은 코나투스가 약화된 것이다"라고 말했는데, 우리는 군자를 대할 때 코나투스가 팍팍 증진되고, 소인은 생각만 해도 코나투스가 쭉쭉 떨어진다. 이는 '오컴의 면도날'처럼 간단한데, 지금 당장 누군가를 떠올려보라. 코나투스가 증진되는지 떨어지는지 답이 바로 나온다.

군자는 온화한 미소의 소유자이며 말 한 마디 한 마디가 부드러우면서도 위엄이 있어 사람들이 자동적으로 따른다. 반면 소인은 상대를 무시하고 짜증내며 윽박지르고 폭언을 일삼는데, 심지어는 그것을 카리스마로 착각한다. 고로 사람들이 하나둘 떠나간다.

군자는 타인을 존중하며 서로 간의 다름을 인정한다. 소인에게는 다름이 곧 틀림이 되며, 타인을 인격적으로 공격하여 타인을 고려하지 않고, 별것도 아닌 일로 고집을 부려서 좋았던 분위기에 찬물을 끼얹는다. 또한 군자는 자기의 잘못을 인정할 줄 알지만, 소인은 잘못을 인정하기 전에 '탓'을 먼저 한다. 군자는 남들로부터 "와, 나도 꼭 저런 사람이 되어야지"라는 소리를 듣지만, 소인은 "진짜 저렇게는 살지 말아야지, 어휴"란 소리를 듣는다.

어느 분야에서든지 독불장군은 결코 오래가지 못한다. '인간사 새옹지마', 살다 보면 그 누구라도 부침이 있기 마련이다. 세상은 상생하는 곳이라 마음으로부터 음으로 양으로 도와 항상 주변에 사람이 있어야 한다. 군자는 상대의 장점을 찾아내 칭찬하고 좋은 점을 도와 이루게 하지만, 소인은 시기하며 약점을 찾아내 비방하고 물어뜯어 그 사람으로 하여금 위축되어 의욕을 상실하게 만든다.

'응립여수(鷹立如睡) 호행사병(虎行似病)'이라는 말이 있다. '매의 서 있는 모습은 조는 것 같고 호랑이의 걸음은 병든 것 같아 보인다'라는 뜻으로 군자는 잘난 척하지 않고 지혜를 숨기며 빛나는 재능도 드러내지 않는다. 매가 조는 듯 서 있고 범이 느릿느릿 걷는 것처럼 보여도 먹이를 잡을 때는 일격에 끝나지만 그저 드러내지 않을 뿐이다.

살얼음을 걷듯이

우리의 정체성은 인간관계를 통해 만들어진다. 슬픔과 기쁨의 정념은 결국 사람으로부터 온다. 누군가 때문에 생겨난 기쁨이 작은 것이 아니듯이, 인간관계의 상실로 얻은 슬픔 역시 결코 작지 않다. 초연하게 세상과 담을 쌓고 지리산 자락에서 혼자 자급자족의 삶을 사는 게 아닌 한, 우리의 삶은 결국 사람들과의 관계로 이루어져 있다. 나의 정체성이란 내가 만난 사람, 내가 겪은 일들의 집합이다.

인생살이에는 언제나 변곡점이 있다. 우리 삶의 운이 바뀔 때, 가장 눈에 띄는 변화는 바로 만나는 사람이다. 같은 사람이라도 만나는 시기에 따라, 대하는 방식에 따라 결과는 달라질 수 있다. 《주역》에는 변하는 시기에 세 사람의 손님이 온다고 한다. 바로 천지인, 곧 하늘과 땅과 사람이다.

우리의 삶은 결국 사람들과의 관계로 이루어져 있다.
나의 정체성이란 내가 만난 사람, 내가 겪은 일들의 집합이다.

내가 누군가를 만나서 긍정적인, 또는 부정적인 영향을 받듯이, 나 또한 누군가의 인생에 어떤 식으로든 영향을 줄 수 있다. 그러므로 누군가를 대할 때는 항상 살얼음을 걷듯이 해야 한다. 어설픈 충고와 참견은 상대방에게 상처를 줄 수 있고, 은연중에 내뱉은 말 한마디가 폭력이 될 수도 있다는 것을 늘 경계해야 한다.

노자의 《도덕경》 제15장 「서청」에는 '예혜(豫兮) 약동섭천(若冬涉川), 유혜(猶兮) 약외사린(若畏四隣)'이라는 표현이 나온다. 직역하면, '머뭇거리네! 겨울에 살얼음 냇길을 건너는 것 같고, 망설이네! 사방의 주위를 두려워 살피는 것 같다'가 되는데, 여기서 '예(豫)'는 '거대한 코끼리'와 '머뭇거린다'는 뜻이다. 거대한 코끼리가 겨울 냇가 앞에서 신중하게 살얼음을 밟아가는 모습을 연상하면 된다. 아둔한 듯이 보이지만 명석하고 사려 깊은 코끼리의 모습이 그대로 담긴 구절이다. '유(猶)'는 '원숭이'와 '망설인다'를 뜻하는 글자다. 원숭이는 겁이 많아서 주변을 잘 살피고 두려워한다. 어쨌든 둘 다 스스로 근신하고 경계한다는 의미를 갖고 있다. 상대를 배려하려는 마음이 이보다 더 잘 나타나 있는 말이 있을까?

《시경》〈대아〉편에 실린 「억」이라는 노래에 이런 구절이 있다.
"말에는 말을, 덕에는 덕을
남이 복숭아를 준다면, 나는 자두를 줄 것이다."
사람을 사랑하면 반드시 사람에게 사랑받으며, 사람을 미워하면 반드시 사람에게 미움을 받는다.

자연으로 돌아가라

"하지 마!"로 대표되는 강요와 억압, 그것은 선과 악의 문제를 벗어나는 순간 더없는 불행의 씨앗으로 작용한다. 개인과 개인 사이에서 '나만 옳다'는 주장만큼 폭력적인 게 또 있을까. 내가 선택한 길만이 옳다면, 나와 다른 길을 가는 사람은 다 틀린 게 되고 만다. 사문난적으로 몰려 처형당하기 전, "천하의 허다한 의리를 어찌 주자만 알고 나는 모른다 하는가!"를 외친 윤휴의 말은 내게 시공간을 초월한 울림을 준다.

고대 그리스 철학사 퓌론은 이 같은 폐해를 경계하기 위해 '모든 명제에는 똑같은 진릿값을 가지면서도 그와 정반대인 명제를 대립시킬 수 있다'는 대립 명제 등가성을 주장했다. 그러니 판단 중지 (epoche)를 통해 절대 진리에 중립적이어야 한다는 것이다.

장자의 제물론 또한 같은 맥락이다. '이것'이 있어야 '저것'이 있고, 애당초 '나'라는 개념이 있어야 '너'라는 개념도 있다. 우리는 흔히 '다른' 것을 '틀리다'고 입버릇처럼 말하곤 한다. 학은 오리의 다리가 짧다며 늘리겠다고 덤비고, 오리는 학의 다리가 길다며 자르겠다고 덤비는 모양새다. 학은 다리가 길어서 나름 좋고, 오리는 다리가 짧아서 나름 좋은 거다. 다른 것을 틀렸다고 몰 때 비극이 싹튼다.

  내 삶은 정답을 찾아서 위대한 게 아니라 그저 내 삶이어서 위대한 것이다. 타인의 삶 역시 그 사람의 삶이기에 위대하다. 용은 자신의 여의주가 귀하다고 말똥구리의 말똥을 비웃지 않으며 말똥구리 역시 자신의 말똥이 더럽다는 이유로 용의 여의주를 부러워하지 않는다. 나를 돋보이게 하기 위해 사는 사람도 없고, 나를 해코지하기 위해 사는 사람도 없다. 저마다 자기의 삶을 살 뿐, 모두가 제 몫의 인생을 열심히 사는 주인공이다.

'자연으로 돌아가라'는 장자의 가르침은 산속에 들어가 도를 닦고 신선이 되라는 말이 아니다. 본성을 되찾자는 주장이다. 자신의 본성을 되찾고, 상대의 본성을 존중하자는 말이다. 억지로 상대를 바꾸려 들지 않고 있는 그대로 인정하자는 것인데, 그러려면 상대를 바라보는 내 시선을 바꿔야 한다. 내 시선을 바꾸려는 노력, 그것이 오해를 풀고 편견을 깨는 첫걸음이며 인정과 존중, 나아가 화해의 첫걸음이다. 행복을 자신의 변화만으로 이루는 데는 한계가 있다. 서로 변해야 한다. 이는 관계의 변화이며 결국 사회의 변화다. 다 함께 잘사는 사회를 만들기 위해 우리 모두 자연으로 돌아가자.

내 삶은 정답을 찾아서 위대한 게 아니라,

그저 내 삶이어서 위대한 것이다.

타인의 삶 역시 그 사람의 삶이기에 위대하다.

패턴 깨뜨리기

우리의 삶은 관계의 연속이다. 무인도에 들어가 살지 않는 한, 우리는 지속적으로 사람들과 관계를 맺으며 살아간다. 연인, 친구, 가족, 동료 등 수많은 독립된 존재들과 관계 맺는 과정에서 기쁨의 정념과 슬픔의 정념은 필연적으로 생겨날 수밖에 없는데, 일방적으로 타자를 규정하는 데서 일그러진 시각이 생겨난다. 타인과의 관계가 상호간의 소통 없이 일방에 의해 규정된다면 이것은 오해와 폭력을 낳는다. 갈등을 피하려면 타인의 존재를 긍정하는 상호간의 관계가 꼭 필요하다.

타인과 자신의 관계를 정립하고 그 존재를 이해하는 것을 우리는 '인정'이라 부른다. 헤겔은 인간의 자기의식은 타자의 존재에 대한 반성을 통하여 완성된다고 말한다. 이러한 인정이 이루어지지 않으면 개인은 서로를 용납할 수 없고 적대적 관계가 된다. 자연스레 상호 간에 폭력이 난무하게 되고 우리 속의 수많은 '나'와 '너'는 오직 자신을 관철시키기 위해 다툴 수밖에 없다.

대인 관계에서 가장 중요한 것은 바로 타인의 경험과 그들의 성향을 인정하는 일이다. 사람 간의 관계에서 벌어지는 대부분의 문제는 '누가 옳고 누가 틀리냐'에 집착하기 때문에 발생한다. 이런 문제를 피하려면 개인적 성향과 보편적 진리를 구분해야 한다. 타인이 가진 개인적 성향에 대해서는 논쟁을 피하는 게 상책이다. 그것이 관점이든 감정이든 신념이나 그 외에 어떤 것이든 '옳은지 그른지'의 논쟁을 벌여서는 안 된다. 그저 인생에 대한 다른 사람의 개인적 가치관을 인정하는 수밖에 없다. 다만 보편적 진리는 또 다른 문제다. 물건을 훔치거나 사람을 죽이는 것은 보편적으로 해서는 안 되는 행위인 게 분명하므로, 이 점에서는 누가 옳고 그른지를 따져볼 수 있다.

성격은 크게 지적 개방성, 성실성, 외향성-내향성, 적대성-친화성, 정서 안정성 등의 다섯 가지 주요 특성으로 나눠진다. 연구 결과 다섯 가지 특성 모두 40% 정도가 유전적 영향의 결과이고 가정 환경의 영향은 10% 이내인 것으로 나타났다. 나머지 50%는 질병이나 사고, 친구 등 개인적인 특수 환경이 차지했다. 습관적인 거짓말이나 도벽, 범죄 성향도 대부분 유전적 소질 때문으로 보고 있다. 지나치게 근심 걱정이 많은 성격도 유전자와 연관성이 있다고 한다.

그렇다면 성격 형성에 유전적 요인이 중요하다는 사실이 지니는 의미는 무엇일까? 타고난 성격을 억지로 바꾸려는 노력이 결국 별 효과가 없다는 것이다. 영국의 과학 저술가 매트 리들리 박사는 그의 저서 《게놈》에서 '사람의 기본 성향을 병으로 보지 않고 있는 그대로

대인관계에서 가장 중요한 것은 바로
타인의 경험과 그들의 성향을 인정하는 일이다.
사람 간의 관계에서 벌어지는 대부분의 문제는
'누가 옳고 누가 틀리냐'에 집착하기 때문에 발생한다.

받아들이게 하는 것이 최고의 선택'이라고 쓰고 있다. 이혼이나 연인 간 결별의 가장 큰 원인인 성격차라는 것도 이런 면에서 접근하면 좀 더 너그러울 수 있다. 배우자의 나쁜 버릇이 어느 정도 타고난 것이며 바꾸기가 어렵다는 것을 받아들인 뒤 해결책을 모색하면 갈등 해소에 도움이 된다. 쇼펜하우어는 "인간은 의지대로 행동할 수 있지만, 의지로 의지를 만들어낼 수는 없다"라고 말했다. 사람마다 고유한 성격을 억지로 바꾸려 하지 말라는 말이다.

"이런 경구는 딱딱해지기 쉬운 책임감을 부드럽게 누그러뜨려서, 우리가 자기 자신이나 남들에게 너무 엄격하게 굴지 않도록 해준다. 그래서 유머를 즐길 수 있는 인생관을 갖는 데에도 도움이 된다."

쇼펜하우어를 좋아했던 아인슈타인의 말이다. 서로의 차이를 인정하고 각자의 취향에 따라 인생을 살아갈 수 있는 환경이 제공될 때 많은 사람들이 행복한 삶을 살지 않을까?

우리 삶에서 가장 중요한 것은 현재이다. 시간이란 실제로 존재하지 않는다. 다만 우리 머릿속에 추상적인 개념으로 자리할 뿐이다. 현재만이 우리가 가진 유일한 시간이며, 이 시간을 소중히 여겨야 한다 과거는 쓸모없고 미래는 한 치 앞도 예측하기 힘들다. 행복해야 할 이 소중한 시간을 불행과 고민으로 가득 채울 필요가 있을까? 문제를 해결하는 방법은 그것이 왜 발생했는지를 분석하는 것이 아니라 당신이 하고 있는 행동을 바꾸는 것이다. 똑같은 행동을 되풀이하면서 다른 결과를 기대하는 건 어리석은 짓이다.

래피의 사색

초판 1쇄 펴낸 날 2018년 6월 20일

지은이   DJ 래피
펴낸이   장영재
자회사   더스토리
펴낸곳   (주)미르북컴퍼니
전 화   02)3141-4421
팩 스   02)3141-4428
등 록   2012년 3월 16일 (제313-2012-81호)
주 소   서울시 마포구 성미산로32길 12, 2층 (우 03983)
E-mail   sanhonjinju@naver.com
카 페   cafe.naver.com/mirbookcompany